열심히 걸어도 제자리,
자꾸만 발목을 붙잡던
사막 같은 20대를
詩에 업혀 건너간다.

찬란하게 빛나지 않아도 좋다,
열심히 살수록 고된 법.

그 말에 기대어 가는 동안
사막 한가운데에 있다는 두려움보다
잘 건널 수 있겠다, 안심이 된다.

내 청춘의 쓰레빠 같은 시들

시 파워

손조문 지음

샘앤
파커스

차례

3장 달아나도 결국은 여기가 내 자리 • 133

프롤로그

시 읽기조차 사치라면
누가 우리를 위로해줄까?

당신이 얼마나 외로운지, 얼마나 괴로운지
미쳐버리고 싶은지 미쳐지지 않는지
나한테 토로하지 말라
– 황인숙, 〈강〉 중에서

20대 중반만 해도 나에게 시는 아무리 봐도 그 뜻을 이해할 수 없는 외계어였다. 쉽게 풀어 써도 좋을 말을 왜 그리 심오하고도 내밀한 문장으로 표현하는지. 시라는 건 문학 애호가들의 고급 취미라고 생각했다. 취업 준비로 바쁜 시기에, 사회생활로 무뎌진 마음에 시를 읽으면서까지 마음의 소란을 자처하는 건 하루 살기도 벅찬 내게 낭만적 사치라고 여겼다. 그런 내가 시를 달리 보게 된 건 서울 생활 중 우연히 나갔던 시 읽기 모임에서였다. 대학을 졸업하고 고향인 평택에서 올라와 서울서 자취 생활을 시작했으니 밥벌이의 무거움과 타향살이의 외로움을 조금씩 느낄 때였다. 주말에 책 읽기 모임에나 나가볼까 하는 요량으로 온라인 카페에서 시간대가 맞는 모임을 검색했지만 이미 정원 초과였고, 시간대가 맞는 건 시 읽기 모임밖에 없었다.

　어쩔 수 없이 나간 그 모임에는 생각 외로 20, 30대 청년들이 많았다. 각자 좋아하는 시를 소개하고 가벼운 감상만 나누다 끝날 거라 생각했는데 예상외로 그들은 시를 거칠게 다루는 데 주저함이 없었다. 황인숙 시인의 〈강〉을 읽고 한 20대 취업 준비생은 가까운 이에게 고민을 털어놓지 못하는 제 처지를, 30대 여성은 친구의 반복된 토로에 지쳐 끝내 절교를 선언한 사연을 고백했다. 저마다 자신의 힘든 상황을 토로하고 싶지만, 다들 지쳐 있어 나 자신의 감정을 드러낼 여력도, 다른 이의 얘기를 들어줄 여력도 없는 상황에 놓인 사람들. 그 앞에서 사람들은 시를 빌려 자신의 얘기를 거침없이 쏟아냈다. 주제와 운율과 상징이 사라진 자리에 날것의 삶이 들어차는 순간이었다.

　물론 이런 체험을 했다 하더라도 사람이 쉽게 변하지는 않는 법이다. 난 사회생활을 하면서 점점 더 메마른 감성의 소유자로 변해갔고 읽어도 알아먹지 못할 시 따위야 현실 감각만 잃게 만드는 글이라며 깎아내렸다. 그런 내 눈에 시가 들어오게 된 건 서른 살을 2년 앞둔 시점이었다. 당시 나는 미래와 돈에 대한 고민으로 무기력한 하루하루를 보내고 있었고, 지금의 감정을 털어버리고 30대를 준비하기 위해서는 20대를 정리해야만 한다고 생각했다. 나의 20대라. 사실 나는 스무 살을 기점으로 욕심냈던 걸 포기해야 세상에 적응할 수 있다고 여겼다. 정확히 말하면 희망이 옅어졌다고나 할까. 기대치가 80이라면 노력은 100을 해야 그나마 현실에서 70이 나왔다. 아등바등해서 손에 쥐어봤자 누군가의 출발선에도 닿지 못하는 현실. 대부분의 청년이 마주한 그 현실 앞에서 열정과 긍정이란 말은 점점 내게서 멀어져만 갔다.

나는 조급해서 빨리 지쳤다. 힘들게 얻은 기회를 번번이 내쳤고 지친 몸을 끌고 내려온 고향에서는 갑작스레 닥친 불운으로 20대 때 모아놓은 돈마저 다 날렸다. 세상도 버겁고 사람 노릇도 버거워서 수녀원 입회를 마음먹기도 했다. 힘들다고 말하고 싶고 이해받고도 싶었다. 하지만 처지가 비슷하거나 똑같은 경험을 해보지 않은 이상 누구에게 말해도 나의 토로는 공허한 메아리에 그쳤다. 나는 나만의 '강'이 절실하게 필요했고 그때야 책상 위에 놓인 시집이 눈에 들어왔다.

시 모임에서 사람들이 자기 이야기를 토해낸 것처럼 나도 시를 통해 이 지난한 20대의 시간들을 정리할 수 있지 않을까. 시의 행간에 내 지난날의 민낯을 그려 넣으면서 30대에 짊어져야 할 고민의 무게를 줄여갈 수 있지 않을까. 이런 심정으로 그때부터 내 마음을 대변해줄 시를 하나하나 찾아 나섰다.

시를 찾기 위해 유명 문인들의 시선집도 수십 권 읽었지만 보통의 젊은이인 내가 연륜이 묻어나는 그분들의 지혜와, 문학적 감수성을 오롯이 받아들이기엔 무리였다. 그래서 시간 날 때마다 틈틈이 나를 포함해 2030 세대가 공감할 만한 시를 모으고 필사했다. 그렇게 모은 수백 편의 시 중 20대, 30대의 현실과 일상을 정리해줄 시만 따로 추렸다. 이 책에 수록된 총 28편의 시들은 찬란히 빛나는 청춘의 이미지보다는 먹고사니즘과 궁상과 자조와 고민이 뒤범벅된 생계형 시들에 가깝다. 증명사진, 고지서, 복권, 게임, 빨래, 삼겹살, 원룸, 술, 영화, 치킨, 명절, 공무원 시험, 백수 생활, 이직, 아르바이트, 뉴스, 혼밥, 세대론, 서른 살, 정체성 등. 나 또한 대한민국의 평범한 청년 중 하나기에 이러한 생활의 코드에서 한 치의 벗어남도 없는 일상을 살아왔다. 탁월하게 잘난 이력도, 눈물 나게 어려운 경험도 없는 내가 그나마 이러한 글을 쓸 수 있었던 건 이 모든 생활의 소재가 우리의 보편적 이야기 속에 포진되어 있기 때문이다.

　이우성의 〈손끝이 말해줍니다〉에서는 증명사진에서 시작해 매 순간 자신을 증명해야 선택받는 세상에 관해 얘기했고, 복효근의 〈어떤 종이컵에 대한 관찰 기록〉을 통해서는 일회용 종이컵과도 같은 인턴이지만 "스스로를 거듭 고쳐 재활용하는" 생을 목표로 살 수 있을지 고민했다. 이준관의 〈비〉를 읽으면서는 비가 새던 원룸텔 방을 떠올리며, 과연 이 생애에 내 집 장만의 꿈이 이뤄질 수 있을지 점쳐보기도 했다.

　사회에서 자리를 잡지 못하고 도망과 유예를 반복하던 시기에는 한혜영의 〈본색을 들키다〉 속 "색의 정체를 다 알아버린 인생이라면/너무 재미없지 않나?"라는 시 구절에 위안을 받았고, 고향에 내려와 쓰레빠 질질 끌며 백수로 살았을 때는 유지소의 〈이런, 뭣 같은!〉 속 쓰레빠의 행보를 읽으며 부은 발로 제 길을 걸어가는 또래들의 삶을 돌아볼 수 있었다.

　많은 청년이 청춘의 사계절을 생계 걱정과 미래에 대한 불안에 점령당한 채 살아가고 있다. 나 또한 시에 얽힌 내 청춘의 풍경을 서술하면서 청년으로서 겪는 막막함과 무력함을 피해 갈 도리는 없었다. 대부분의 또래가 그러하겠지만 나 또한 원하는 길을 가기 위해선 포기해야 하는 부분이 있다는 걸 인정할 수밖에 없었다. 동시에 아무리 노력해도 제자리인 것만 같은 오늘과 그 벽을 깨는 데 지쳐 어쩔 수 없이 포기 선언을 해야 하는 현실에 화가 나기도 했다. 그럼에도 도태되지 않기 위해 하염없이 스펙을 쌓고, 죽을힘을 다했던 노력이 저평가되어도 다시 도전하는 이 시대의 청년들이 짠하기도 했다.
　멈추는 순간 뒤처지고 말리라 겁박하는 세상의 속도에 맞춰 사느라 삶의 행복도, 매 순간 희노애락의 감정도 놓치고 사는 동시대의 청년들에게, 이 책이, 이 책에 실린 시가 닫아두었던 감정의 비상구이자 공감의 지대가 되길 바란다. 우리의 생활이 담

긴 28편의 시와 내 찌질한 청춘의 단면들이 조금이나마 우리의
속내를 토로할 수 있는 불판이 되었으면 좋겠다.

1

세상 밖
우리의
지표

환경지표생물

ㄴ 김원경

어느 날 신생아실에서

우는 한 아기의 울음소리에

더 크게 따라 우는 아기들을 보았습니다

쓸쓸한 가죽을 쓰고 태어난 이 세상 모든 연약한 생물들의

아름다운 동맹이었습니다

우리의 가장 마지막에 울었던 울음은

우리가 맨 처음 누군가를 위해 울었던 본성을 기억하기 위한

마중물입니다

당신이 드라마를 보면서 꺼억꺼억 따라 우는 것은

아득한 기억에서 그날의 아름다운 동맹이 떠올랐기 때문입니다

그래서 울음은 일종의 선약입니다

지금은 유빙처럼

각자 다른 방식으로 떠내려가지만

언젠간 한곳에서 만나 몸을 녹이며 악수를 청하게 될 것입니다

외로운 다큐멘터리처럼

지금 긴 침묵의 보호색은 배경을 의심하며

여기저기 소리를 쏟아내고 있습니다

당신의 투명한 침묵은

더이상 천연기념물이 아닙니다

그러니 호주머니 속으로 사라진

희미한 손가락을 꺼내

울음이 깃든 곳을 방문하고 가십시오

환경지표생물*처럼

이 견고한 세계의 억양을 생생하게 담아내고 가십시오

어쩌면 모든 것이 무효로 돌아갈지 모르지만

그럼에도 불구하고

그래요

그럼에도 불굴不屈하고

우주가 당신을 뱉어냈던 한 호흡으로

죽음에 임박한 자에게 심폐소생술을 하듯

이 세상 모든 연약한 생물들이 냈던 울음소리를 온몸으로 기록하고
가세요

당신의 그 쓸쓸한 가죽이 울음에 젖어있는 동안
그 어떤 태양도 당신을 태우지는 못할 것이니

* 지표생물:특정 지역의 환경 상태를 잘 나타내는 종을 지표종이라고 하며, 이 종에 속하는 생물을 지표생물이라 한다. 지표생물은 독특한 환경 조건에서만 살 수 있기 때문에 지표생물을 이용하면 그 지역의 환경 조건이나 오염 정도를 알 수 있다.

청춘이란 말로 한데
묶일 수 있을까

　　　　　　사고사든 자연사든 예로부터 목숨 붙어 있는 '생존자'는 운이 좋은 사람으로 여겨진다. 그러나 21세기의 생존은 숨이 붙어 있다는 뜻 외에도 내가 차지한 이 자리를 안정적으로 유지할 수 있느냐의 차원으로 나아간다. '의식주'의 버거움과 미래에 대한 불안이 치솟을 때 생존이란 단어에는 '경쟁'이라는 단어가 족쇄처럼 따라다닌다.

　　과도한 경쟁 사회에서의 생존은 쾌적한 환경을 차지하려는 만인의 만인에 대한 '고지전'에 가깝다. 여기서 종교적 믿음이든, 정치적 믿음이든, 나라에 대한 믿음이든, 서로에 대한 믿음이든 온갖 믿음은 투명에 가깝도록 엷어진다. "한 아기의 울음소리에/더 크게 따라" 울던 아기들은 더는 함께 울지 않는다. 모두가 경쟁

자라고 배웠기에 상대를 연민의 눈길로 바라볼 수 없다. 상대를 꺾어야 몇 개 남지 않은 의자에 내가 앉을 수 있기 때문이다.

문제는 이 경쟁에 공정한 판 깔기가 불가능하다는 점이다. 어디에나 격차는 존재하니까. '죽음은 모두에게 공평하다'는 말이 실은 '사람은 결국 죽어서야 공평해진다'는 뜻이라는 한 문학평론가의 말처럼 우리는 죽어서야 "언젠간 한곳에서 만나" 서로에게 공평한 "악수를 청하게 될 것"인지도 모른다. 그때는 스펙이라 부르는 것도 전부 다 말짱 헛것인 게 되어버리니 상대와 나 사이에 경쟁심이나 경계심이 들어설 자리가 없다.

우리가 처한 이런 환경을 적나라하게 보여주는 하나의 지표로 'N포 세대'라는 말이 떠올랐다. 대체로 연애, 취업, 결혼, 출산이나 육아 등 돈이나 시간에 구애받는 것들을 몇 가지씩 포기하는 2030 세대들을 지칭하는 말이다. 하지만 나는 모든 2030 세대를 N포 세대라고 생각하지는 않는다. 더불어 사회적 약자를 흔히 사회적 선인으로 혼동하는 것처럼 모든 청년 세대가 건실하게 살아가고 있다고 주장할 수도 없다. 나만 보아도 경험의 넓이와 깊이로 비추었을 때 열심히 사는 다른 또래에 비해 풋내기 엄살쟁이에 가까운 인간이다.

학교 다닐 때만 해도 어떤 친구는 학자금 대출을 갚으려고 고생하는 반면, 어떤 친구는 졸업 전까지 단 한 번의 아르바이트도 없이 어학연수를 하고 고급 오피스텔에서 자취하며 학업을 꾸리는 걸 보았다. 모든 세대 안에 계급 격차가 존재하듯 2030 세대도 마찬가지 아닌가. 그러니 N포 세대라는 말로 청춘을 한데 묶는 건 무리라고 생각한다. 청춘들의 출발선 격차는 취업을 하고 나서도 이어진다. 이러니 2030 세대 안에서 '수저론'이 떠오른다. 수저 계급에 따라 인생이 결정된다는 일종의 예정론이다. 그렇다고 먹고사는 문제를 포기할 순 없기에 이런 비관적 예정론에도 불구하고 나를 포함한 대다수의 청년들이 수백 대 1의 경쟁률을 뚫고 좋은 자리를 차지하기 위해 노력하며 산다. 그러는 사이에 '학벌, 학점, 토익, 자격증, 어학연수, 인턴'이었던 취업 6종 세트가 이제는 '자격증, 공모전 입상, 사회봉사, 성형 수술, 아르바이트'까지 더해져 11종 세트로 진화했다.

　무언가를 얻기 위해 포기하는 게 많아질수록, 얻어낸 것을 통한 보상 심리나 차별 의식도 덩달아 독해진다. 나 또한 믿을 건 알량한 학벌뿐이라 한때 용돈 많이 받고 학교 다니는 부유한 지방대생들을 욕했다. 그렇게라도 해야 내가 나은 사람처럼 보이고, 질투심이라도 토해낼 수 있었으니까. 치졸했다. 나보다 학벌 좋고, 집안 좋고, 여유로운 품성까지 갖춘 또래들을 보면 질투심이 들끓었다. 있는 놈들은 성격도 좋구나. 자격지심이 없구나. 자신을 입증하지 않고도 투자받을 수 있는 환경, 경쟁을 하지 않아도 자리를 얻을 수 있는 환경에 놓인 친구들 특유의 긍정성에 더 열등감을 느꼈다. 분명 그들도 노력했음을 안다. 그렇지만 어느 곳이나 좋은 자리는 늘 사람 수보다 모자란 법. 그렇게 경쟁이 과열되면 무시당했던 피해자는 똑같은 방식으로 자신보다 못하다고 여기는 사람들을 차별한다. 그런 태도는 모든 성취가 순전히 내 노력만으로 이루어졌다고 생각할 때 유독 강해진다.

나는 내가 만약 더 좋은 환경에서 태어났다면 그들보다 더 멋진 인간이 될 수 있었을지도 모른다고 생각했다. 그러나 거꾸로 나보다 더 척박한 환경에서 열심히 살아가는 청춘도 많이 봤다. 학창 시절 나보다 공부 잘했던 친구들 중에는 가정 형편 때문에 원하는 대학에 진학하지 못한 친구도 있었고, 졸업하고 나서도 학자금 대출을 갚아야 하는 친구도 있었으며, 직장에 다니면서도 학원에 등록해 작가의 꿈을 포기하지 않는 친구도 있었다. 갑작스런 사고로 부모님을 잃고 생계를 꾸려야 하는 친구도 있었다.

택시기사라는 아빠의 직업을 고려했을 때, 학자금 대출 없이 대학교를 졸업한 것만으로도 나에겐 감사한 일이었다. 나보다 열악한 환경에 처해 있지만 더 능력 있는 친구가 내 자리에 있었다면 분명 더 나은 사람이 될 가능성도 충분하다는 것을 안다. 그렇지만 나는 내 자리를 고수하기 위해 그런 가능성을 마음속에서 삭제해버리곤 했다. 그래야 속이 편하니까. 그러면서 동시에 좋은 집안에서 태어난 친구들을 보면 질투심이 들끓었고, 열심히 사는 친구들을 보면 남 탓만 하고 있는 내 자신이 쪽팔렸다. 양가적 감정 속에 갇힌 나는 과연 우리가 같은 장면을 보고 동시에 울음을 토해낼 수 있는 하나의 무리인 건지 의심이 들었다.

　사람이 쫓기고 불안하면 아주 작은 요소로도 우월감을 느끼고 그걸로 상대를 멸시하려 한다. 그러한 자기 증명 압박은 세대를 떠나 사람이면 누구나 겪는 감정이지만, 경쟁이 과열된 시대의 젊은이들은 그런 감정을 더더욱 자주 느낄 수밖에 없다. 이런 상황에서 사람이 사람을 동료로 본다는 건 어떤 느낌일까. 똑같은 사람이라 하기엔 똑같은 청춘이라 부르기엔 너무나도 다른 우리가, 정말 우리가 될 수는 있을까. 각자 다른 배경에 의심 어린 시선을 거두고 "호주머니 속으로 사라진/희미한 손가락을 꺼내" 다른 이의 손을 잡아줄 수 있는 곳은 '신생아실'에서만 가능한 일인 것일까. '기쁨은 나누면 질투가 되고 슬픔은 나누면 약점이 된다'는 분위기가 만연한 시절에 사라진 믿음을 회복하는 것이 정말 가능할까.

　이런 치열한 환경 속에서도 우리는 손잡는 법을 잊지 않기 위해서 정서적 유대를 잃지 않기 위해서 드라마와 영화를 보고, 책을 읽는다. 안전하게 방심할 수 있는 시청각실에서 '연약한 생물'의 소리를 토해낸다. 그리고 내가 어떤 생물인지를 찬찬히 살피기 시작한다. 나는 어떤 조건에서만 살 수 있는 지표생물인가. "각자 다른 방식으로 떠내려가"던 유빙들은 살아남기 위해 적합한 환경을 찾아 떠나거나, 함께 울어줄 무리를 찾는다. 세상에 치이고 갈피를 못 잡는, 경쟁에서 밀린 사람들이 모여 자기 고민

을 토해내고 다른 이의 고민을 귀담아듣는 커뮤니티들의 움직임
도 있다. 하지만 각자도생의 일상 안에서 옅어진 믿음을 회복하
기란 쉽지 않아 보인다.

신뢰가 사라진 세상에서 생은 더 피로해지고, 그 피로함은 다
른 세상으로의 탈출을 꿈꾸게 한다. 그래서 많은 젊은이들이 한
국이 싫다며 취업 이민을 계획하지만 이민은 어디 쉬운가. 각종
비용부터 시작해 소설 속 줄거리처럼 현실적으로 자리 잡기가 녹
록지 않다. 결혼한 젊은 부부들은 아이에게 이러한 경쟁을 물려
주기 싫어서 해외 이민을 꿈꾸지만, 행복주택 경쟁률마저 최고
50대 1인 상황에서 이민의 꿈은 점점 어린 시절의 꿈이 되어간
다. 애도 낳지 않고, 해외로 빠져나가는 인구가 늘어나니 2300년
에는 대한민국이 인구 소멸 단계에 들어갈 거라는 연구 결과도
나왔다.

"그럼에도 불구하고/(…) 그럼에도 불굴不屈하고" 호주머니 속
내 손가락들은 아직도 타인의 손을 잡을 믿음이 부족하고, 견고한
세계의 억양을 체화해야 살아남는다는 강박에 시달린다. 나는 어
떤 세계의 '환경지표생물'로 근근이 생존하고 있는가. 누구의 "울
음소리를 온몸으로 기록"하며 살아가고 있는가. 답 대신 쓸쓸하
다 못해 무감각해진 낯가죽을 잡아당겨본다.

#N포_세대의_의자놀이 #연민조차_사치인가 #취업_11종_세트_보고_가실게요 #같은_
청춘이라_부르기에_너무_다른_우리

'기쁨은 나누면 질투가 되고
슬픔은 나누면 약점이 된다'는
분위기가 만연한 시절에
사라진 믿음을 회복하는 것이
정말 가능할까.

손끝이 말해줍니다

ㄴ 이우성

주머니에 들어 있는 증명사진을 만지며 걷습니다

뒤집히지 않았다면 이쯤이 어깨 여긴 머리

살짝 구겨도 봅니다

낯빛 하나 변하지 않고

여전히 방긋

발은 굳이 보여줄 필요가 없습니다

사진관에 간 것만으로

다리든 그 비슷한 것이든 증명됩니다

내가 지금 주머니 속에 들어가 있는 건

우연이라고밖에 말할 수 없습니다

나는 일상에서 나를 증명할 필요가 없습니다

그런데 다리가 걸을 때 가끔 머리는 어디에 가 있습니다

나는 마침 나도 모르는 사이 집에 다 왔습니다

이렇게 절반이 확인됐습니다만

정신없는 날에는

나머지 반이 잘 있다고 믿는 게 조금 불안합니다

그러므로 우리가 웃는 모습을

우리에게 보여주는 사진은 필요합니다

3x4cm 공간엔
지킬 박사만 산다

　　나는 사진 찍는 걸 싫어한다. 못생겨서 그런 게 아니냐고 묻는다면 그렇다고 말할 수밖에. 외모가 준수했으면 SNS에 미친 듯이 셀카를 찍어 올렸을지도 모른다. 하지만 그런 나도 피해갈 수 없는 일이 하나 있으니, 이력서에 붙일 증명사진을 찍는 일이다. 시인의 말처럼 "나는 일상에서 나를 증명할 필요가 없"지만, 취업 시장이라면 이야기가 달라진다. 나는 규격화된 증명사진 안에 면접관들이 원하는 다소 까다롭고 불편한 이미지를 연출하며 나를 증명해야만 한다.

　　불편해도 어쩌나. 대한민국에서 어엿한 사회인으로 인정받으려면 첫 번째 관문인 증명사진 찍기를 통과해야만 하는 것을. 취업하려면 이력서 쓰기가 필수 아닌가. 《타임》에서는 인사담당자가 지원자의 능력보다는 외모에 집중할 가능성 때문에 이력서에 절대 넣어서는 안 될 다섯 가지 중 하나로 사진을 꼽았다. 호주나 프랑스 등 선진국에서도 차별 조장을 막기 위해 사진 첨부를 금지한단다. 그런데 대한민국은 여전히 증명사진 없는 이력서를 상상할 수 없다.

말끔한 얼굴과 단정한 머리, 깔끔한 옷을 입고 사진관으로 향하는 길. 취업과 소속되고자 하는 의지는 이미 사진관에 간 것만으로 증명된다. 증명사진을 찍기 위해 평소에 짓지 않는 표정을 지어보는 것은, 너의 마음에 들기 위해 나를 너에게 맞는 무언가로 변화시키겠다는 의지의 표현으로 읽히기도 하니까. 그런 의지는 나를 뽑아주었으면 하는 곳이 모두가 선망하는 곳일 경우에 높아진다. 스튜디오에 가서 수십만 원을 주고 증명사진을 찍는 사람이 이력서만 내면 들어갈 수 있는 곳에 합격하기 위해 사진에 공들이는 건 아닐 테니까 말이다.

사진을 찍기에 앞서 신뢰를 주는 인상, 호감을 주는 인상을 보여주려고 취업 박람회 포스터에 실린 모델들의 표정도 따라 해본다. 이력서 속 3x4cm 사각형 안에 들어갈 나의 모습은 '사회의 일꾼'으로서 매사 웃음을 잃지 않으며 나를 짓누르는 외부의 압력에도 낯빛 하나 변하지 않는 굳건한 얼굴이어야 한다. 웃는 얼굴 하나, 얌전하지만 또렷해보이는 표정 하나. 찰칵! 보정은 필수다. 그렇게 탄생한 내 안의 '지킬 박사'를 주머니에 넣고, 집으로 가는 길에 만지작거리며 걷는다. '이게 내가 맞나?' 낯설고 어색한 마음에 눈, 코, 입, 어깨와 머리를 손끝으로 더듬다 구겨도 본다. 여전히 방긋. 굳건한 미소다.

사진 속 잘 차려입은 내 모습은 분명 보기 좋은데 그런 내가 왜 처음 보는 사람처럼 느껴지는 걸까. 이게 정말 내 모습일까? 나를 증명하는 길은 오직 이 표정밖에 없는 걸까. 3x4cm의 공간은 앞모습만 허락할 뿐 나의 뒷모습과 여백은 허용하지 않는다. 현실에서 발견하지 못했던 증명사진 속 긍정·번듯·당당한 표정의 내 모습은 불확실한 내 존재의 가능성을 다시금 확신하고 신뢰하게 해준다. 내게도 이런 모습이 있다는 사실에 안도감마저 든다. 하지만 동시에 증명사진에 주석처럼 달린 내 일련의 경험들은 사회가 인정하지 않는 시간의 축적, 쓸모없는 덩어리로 전락한다. 사진 앞에 선 현실 속 내 모습이 근사함을 잃고 초라해진다.

마음을 다잡고 어느덧 두 번째 관문인 자소서 쓰기에 돌입한다. 이력서에 척 달라붙은 증명사진을 보며 한 줄 한 줄 써내려가다 보면 평범했던 내 일상이 갑자기 비범하고 긍정적인 위인들의 에피소드들과 비슷해진다. 정면을 바라보는 얼굴은 이 회사에 취업하기 위해 한눈팔지 않고 달려왔음을, 포토샵이 만들어준 총명한 눈은 한발 앞서 시장을 읽겠다는 의지를, 조커가 친구하자고 할 미소는 어떤 순간에도 잃지 않을 강철 긍정 마인드를 보여준다. 자소서는 증명사진의 법칙을 그대로 따른다. 인생의 모든 일이 이 회사에 취업하기 위한 운명의 손잡이였음을 부각시켜주는 극적 에피소드로 전환된다. 아르바이트를 하면서도 소비자의 니즈를 읽고 적극적으로 의견을 개진해 성과를 얻었다는 성취 사례가 과장과 거품과 각색을 통해 완성된다.

증명사진과 자기소개서가 취업 준비생들의 취업문을 여는 데만 쓰이는 것은 아니다. 입시를 앞둔 학생들도 예외는 없다. 한때 일일 아르바이트로 입학사정관제에 지원하는 고등학생의 자기소개서를 첨삭 보조하는 일을 한 적이 있었다. 신림동의 방을 임시 작업실로 쓰는 전문 과외 선생은 서울대에 지원하는 고등학생들의 지원서와 자소서를 대필해주고 있었고, 누군가의 특허와 논문 대필도 전화 한 통이면 해결되었다. 학생이 쓴 자기소개서 초안을 토대로 합격 가능성이 높아지게 각색하거나 첨삭하는 일, 그것이 과외 선생의 일이었다.

지금이야 취업 컨설팅이란 명목 아래 이런 서비스를 받는 사람들이 많지만, 6년 전인 당시엔 돈 있는 사람들이나 입소문으로 하던 일 아닌가. 자녀들의 명문대 합격에 얼마나 공을 들이는지 처음 눈으로 확인한 나는 '합격문'을 향한 투자의 격차에 충격을 받았다. 그런 내가 "우리가 이렇게 써준 건 학생들의 진짜 성격이나 경험이 아닐 수도 있는데, 혹시 면접에 가서 구체적인 질문이 들어오면 어떡해요?"라고 과외 선생에게 물었더니 그는 명쾌하게 대답했다. "그건 중요하지 않아요. 어차피 애들은 이걸 달달 외우고 들어가니까. 중요한 건 진짜 내가 아니라 합격할 수 있는 내 이미지를 연기하는 거예요." 그러고 나서 전담 과외 선생은 내게 벽 한쪽에 가득 찬 책들을 자랑스레 보여줬다. 그 책 중에는 자기계발서가 많았는데 선생은 성공하려면 성공한 사람들의 마인드가 곧 내가 되게끔 자신의 머리에 최면을 걸 필요가 있다고 말했다. 나를 싹 비우고 저 사람들이 되어야 한다고. 순간 내가 '사이비 종교에 끌려온 것은 아닌가' 싶었는데 그 사람의 말이 곧 사실이라는 것을 나는 얼마 지나지 않아 알게 되었다. 나 역시 연기를 했을 때만 입사 면접에 합격했으니까.

어쩌면 3x4cm의 증명사진은 21x29cm의 A4용지로, 사무실 한 칸짜리 면접실로, 9,9720km²의 대한민국으로, 확장판을 만들고 있는지도 모른다. 일상조차 증명에 겁박당하는 자기소개의 시대에서 나의 다양한 면모들은 증명사진 속 일괄된 얼굴로 대체된다. 증명사진에 가려진 내 안의 '하이드'는 일순간 사진을 찍히든, 사진을 찍든, 앞모습이건, 뒷모습이건 다 놔버리고 싶은 충동에 휩싸인다. 꼭 3x4cm 칸에 쑤셔 넣은 얼굴로만 날 증명할 필요는 없지 않냐면서. 그저 증명의 압박에서 벗어나 멍이나 좀 때리고 살고 싶다고 불만을 토로한다.

하지만 내 얼굴은 여전히 증명사진 속 내 얼굴에 좌지우지된다. 목에 대롱대롱 매달린 회사 출입증 사진을 보며 취업 준비생은 부러움에 주먹을 꼭 쥐고, 사회 초년생은 흔들리는 자신을 다잡는다. 트루먼 쇼와 같은 취업 전선 속에서 증명사진은 우리를 위로하는 동시에 압박하는 공개 부적에 가깝다.

#맙소사_저_방긋웃음이_나라니 #내_뒷모습과_여백은_어디로 #증명_좀_그만합시다
#이럴_바에야_연기_학원엘_가지

혼자 밥 먹다
ㄴ 이명수

가을 한철 '자발적 유배' 살이를 했다

추사는 내가 기거하는 고산과 이웃한 대정 귤중옥橘中屋에서 9년 간

'위리안치圍籬安置' 유배살이를 했다

가시방석에 앉아 혼자 밥을 먹으며 추사는 무슨 생각을 했을까

키이스 페라지의 《혼자 밥 먹지 마라》를 읽으며 혼자 밥을 먹는다

앞집, 옆집, 뒷집에 혼자 사는 할머니들도 혼자 밥을 먹는다

"서쪽에서 빛살이 들어오는 주방, 혼자 밥을 먹는 적막"＊에서 시간

과 겨루어 슬프지 않은 사람이 있을까

추사는 가시밥을 먹고 한기 서린 책을 읽으며 세한도歲寒圖를 그렸다

그에게 혼자 밥 먹는 일은 온축蘊蓄의 의식이었으리라

추사 곁에서 배운 '온축'의 힘으로 시를 쓴다

자발적 유배지에서 쓴 시가 사막에 버려진 무상 경전이 되어도 좋으리

＊박경리의 시 〈못 떠나는 배〉의 한 구절

ㄴ
고립이 자립이 되는
순간을 기다리며
ㄱ

　　　　임계점Critical point이란 말이 있다. 대상의 구조와
성질을 변하게 하는 기준점을 가리키는데, 마치 액체가 기체로
변하기 위해 필요한 일정 수준 이상의 온도와 압력과 같다. 가시
적인 결실이나 효과를 얻으려면 마찬가지로 노력과 시간이 임계
점에 해당하는 만큼 축적되어야 한다. 임계점에 이르지 못한 노
력들은 헛수고가 될 가능성이 높다. 말콤 글래드웰은《아웃라이
어》에서 1만 시간의 법칙을 소개했다. 어떤 분야든 그 일에 1만
시간(하루 3시간 기준 10년)을 투자하면 누구나 전문가가 될 수 있다
는 얘기다. 말하자면 1만 시간이 임계점인 셈이다. 그런데 여기
서 중요한 건 누구에게나 1만 시간을 투자할 여건이 주어지지 않
는다는 데 있다. 특정 분야에 1만 시간을 투자하기 위해선 이를

받쳐줄 조건과 환경이 필요하다. 조건과 환경은 가정에서 시작해 지역과 국가까지 나 자신을 둘러싸고 있는 모든 맥락을 의미한다.

그래서 다른 많은 책들은 새로운 일에 도전하기 위해서 주위의 장場을 바꾸라고 말한다. 일에 몰입할 수 있는 최적의 장소를 찾는 일, 그게 중요하다고 강조한다. 관계 지향적인 한국에서, IT 강국인 한국에서 새로운 장이란 어떤 연결 고리 없이 홀로 있을 수 있는 공간을 의미한다고 보는 게 맞을 것 같다. (물론 나 같은 은둔자에겐 사람이 많은 도시가 새로운 맥락이겠지만 말이다.) 이런 자발적 홀로 있기는 분명 새로운 환경을 조성해줄 테지만 동시에 '외로움'도 수반한다.

하지만 한국에서 교수를 때려치우고 일본으로 건너가 4년간 미술을 배운 김정운 문화심리학자는 《가끔은 격하게 외로워야 한다》에서 도리어 '외로움'과 '고립'의 긍정적 가치를 선전한다. 그는 바쁠수록 마음은 공허해진다며, 외로움 속에서 수행되는 나 자신과의 대화인 성찰이 타인과 상호 작용을 할 때도 필요하다고 말한다. 외로움에 무조건 저항하기보다는 '고립'을 몰입과 창조의 여건으로 받아들일 수 있어야 한다는 얘기다. 여기서 고립은 한 개인이 자기 분야에서 임계점에 도달하기 위해, 일에 몰입하기 위해 자신을 외딴섬에 내던지는 자발적 고립에 가깝다.

그러나 실제로는 이런 자발적 고립보다 주변의 여건에 의해

비자발적 고립 상태에 던져지는 경우가 더 빈번하다. 이 시에 나오는 추사 김정희 역시 제주도에서 8년 3개월간 유배를 당했다. 유배된 죄인이 거처하는 집 둘레에 가시로 울타리를 치고 그 안에 죄인을 가두는 '위리안치圍籬安置' 상황, 비자발적 고립 상태에 내던져졌다. 하지만 근처에 있는 귤나무를 마음에 담아 자신이 머무는 초막에 '귤중옥橘中屋'이란 이름을 붙이며 적막을 견뎠고, 그 시간 동안 그는 자신의 명작인 '세한도歲寒圖'를 그리고, 추사체를 완성시켰다. 추사 김정희 역시 '온축'의 시간 속에서 오직 홀로 직면해야 하는 고독을 견뎌냈으므로 세상에 길이 남을 명작을 얻었을지 모른다.

이런 맥락에서 볼 때 자발적 고립이든 비자발적 고립이든 뭔가를 창조하기 위해서는 혼자 있는 시간이 반드시 필요하다. 꿈을 이루든, 사회적 성공을 바라든 누구에게나 그 목표를 이루기 위해선 자신을 쌓는, 자신을 깎는 시간이 필요하다. 자신의 빛을 발견하려면 오랫동안 학식을 쌓거나 깊게 성찰하는, 이른바 온축의 시간이 필요한 것이다. 물론 함께 오는 적막도 견뎌야 하는 것이 문제지만.

"'서쪽에서 빛살이 들어오는 주방, 혼자 밥을 먹는 적막'에서 시간과 겨루어 슬프지 않은 사람이 있을까". 상상이 현실이 되기 위해서, 임계점에 도달하기 위해서, 사람은 외로움이 들어선 시간과 겨룬다. 인간이 사회적 동물인 이상 그 겨룸 속에서 슬프지 않은 사람은 없다.

'가을 한철' 유배와 '이따금 격한' 외로움이 아닌 '사시사철' 유배와 '늘 격한' 외로움을 견디는 일. 나는 나를 포함해 그런 처지에 있는 사람들이 꽤 많을 거라 생각한다.

공무원 준비를 한다며 노량진에 들어간 고교 시절 친구는 졸업 후 가까이 지냈던 모든 친구와 교류가 끊어졌다. 그게 벌써 5년째다. 그 친구 얘기가 나오면 농담 반 진담 반으로 살아만 있으면 된 거라고 말하지만 모두들 알고 있다. 또래보다 한 걸음 늦은 위치에 있는 사람이 자격지심 없이 사람들을 만나기 위해선 처지가 바뀌던가, 자신을 내려놔야 한다는 것을.

나 또한 수년의 백수 기간을 겪으면서 경제적·정서적 자격지심 때문에 홀로 있음을 자처하며 살았다. 그 당시의 나는 홀로 있다는 것은 고립과 겨루는 게 아니라 시간과의 겨룸 속에 있는 것이고 외로움이 아닌 조급함과 싸우는 일임을 원치 않아도 배워야만 했다. 이 배움을 온몸으로 견디다 보면 나만의 세한도를 그릴 날이 오기는 할까.

#1만_시간은_다르게_흐른다 #혼자_있는_시간도_필요해 #시시때때로_격한_외로움을_견디는_일 #조급함을_털어내는_시간

홀로 있다는 것은
고립과 겨루는 게 아니라
시간과의 겨룸 속에 있는 것이고
외로움이 아닌
조급함과 싸우는 일임을
원치 않아도 배워야만 했다.

이런, 뭣 같은!

ㄴ 유지소

막걸리 사러 오복슈퍼 가는 길

검은 슬리퍼가 찰싹

찰싹 세상의 따귀를 때리며 걸어간다

직장도 찰싹

애인도 찰싹

약속도 찰싹

아무것도 없는 나에게

카펫처럼 찰싹 애도처럼 찰싹 끝없이 정중하게

이렇게 눈부신 찰싹 이렇게 고요한 찰싹

이 세상의 따귀를 찰싹

찰싹 후려치며 걸어간다

이런바퀴벌레절편같은이런똥걸레구절판같은

이런시궁쥐통조림같은

모닝헤어디자인 모퉁이 돌아갈 때 찰싹

〈무료로!!!행복을커트해드립니다〉 찰싹

바람벽에 막 내걸리고

있

었

다 찰싹

오복 중의 복 하나가 또 죽어 나가겠군 찰싹

다 그런 거지 뭐 찰싹

승리기원 멸치 대가리만 한 쪽창 속으로 찰싹

희멀건 태양이

막 빨려 들어가고

있었다

이런개뼈다귀댄스같은

이런알쭈꾸미안경같은이런똥궁둥이고약같은

오복슈퍼에 막걸리 사러 가는 길 얼씨구

검은 슬리퍼가 내 발바닥을 찰싹

찰싹 후려치며 웃는다

눈물도 찰싹

웃음도 찰싹

희망도 찰싹

하룻밤 한잔 술에 다 말아먹은

너는 누구냐? 찰싹

티눈처럼 찰싹 얼룩처럼 찰싹

발바닥에 몰래 숨겨 놓은 나의 낯바닥을 얼씨구

찰싹찰싹 후려치며 웃는다

이런썩은동태가운데토막같은이런돼지발싸개같은

이런

너 같은

쓰레빠를 놓고 간
신데렐라

옆에 아무도 없다면 잠시 자신의 발을 매만져보길. 당신이 하루 종일 서 있거나, 앉아 있거나, 돌아다녔을 경우 필시 발은 붓거나 까지거나 발가락이 휘었을 것이다. 발의 생김새를 통해 그 사람이 걸어온 길을 그려볼 수 있단 얘기다. 나이가 들수록 온갖 신발로 제 발을 보호하지만, 아무리 좋은 신발이 있어도 끝없이 걸어야만 하는 '발'의 운명에서 자유로운 사람은 없다. 사람이라면 오이디푸스라는 이름의 뜻처럼 부풀어 오른 발을 하고, 고향을 떠나 아주 먼 곳에서 자신만의 발자국을 남기는 꿈을 꾸곤 하니까. 신발에는 운동화, 구두, 샌들 등 다양한 종류가 있지만 한 사람의 부은 맨발을, 발목의 뒷모습을 여실히 보여주는 건 앞뒤가 뻥 뚫린 ('슬리퍼'말고) '쓰레빠'만 한 게 없다.

호기롭게 서울에 올라갔다가 고향에 다시 내려왔을 때 나는 늘 무릎 늘어난 츄리닝에 쓰레빠를 질질 끌고 동네를 거닐었다. 이런 나를 보며 앞집 이모는 "개콘에 나오는 백수 같다."라고 놀려댔는데, 만약 이런 내 모습을 동창이나 옛 동네의 어르신들이 보았다고 생각하면 부끄러워 고개를 들 수가 없다. 사실 고향에 내려와서 가장 피하고 싶었던 일이 친척이나, 부모님의 친구들, 옛 친구들에게 내 초라한 모습을 들키는 일이었다. 서울에서 공무원 준비를 하다 고향에 내려간 내 친구도 빵집에서 아르바이트를 하면서 혹여 지인을 만나게 될까 전전긍긍했다고 하니, 자신의 초라한 민낯을 과감하게 보여주는 일은 쉽지 않다.

그러던 어느 날, 결혼해서 타지에 살던 고교 친구가 고향에 돌아왔으니 한 번 만나자고 연락을 해왔다. 이미 한 아이의 엄마가 된 그 친구도 이런저런 사정으로 잠시 남편과 함께 친정에 머무르고 있는 상황이었다. 오랜만에 근황을 묻다 보니 그 친구나 나나, 또 옛 친구들이나 저마다 자기 위치에서 나름대로 어려움이나 고민을 짊어진 채 살아가는 것 같았다. 서른 살이 되고 보니 다들 자연스럽게 20대의 호기로움을 잃고, 오이디푸스의 후손처럼 발목에 훈장 같은 상처 하나쯤 새긴 채 자기 길을 걸어가고 있었다. 높은 구두를 신고 멋진 옷으로 자신을 꾸미던 때를 지나 모두가 똑같이 삼선 쓰레빠를 신고 하루를 보내던 학창 시절처럼, 우리의 발은 저마다 비슷하게 부풀어 있었다. 그리고 그런 우리에게 더 이상 자신을 치장할 신발은 필요치 않았다. 우린 다시 쓰레빠를 신고, 서로의 앞에 앉아 있었다.

친구와 헤어지며 각자가 원하는 신발을 신으며 살 수 있기를 마음속으로 응원했다. 격 없고 편안한 쓰레빠지만 늘 쓰레빠만 신고 산다면 출입이 허락되는 곳은 극히 적지 않은가. 쓰레빠를 신고 오래 걸으면 발등이 까지거나 발목에 무리가 가기 때문에 우리에겐 우리를 무장시켜줄 공식적인 신발이 필요하다. 무엇보다 쓰레빠는 사회에서 내부와 외부를 가르는 신발이자 규격과 비규격을 가르는 기준이니 마크 주커버그가 아닌 이상 우리에겐 세상의 드레스 코드를 따라야 할 압박이 따른다. 그렇기에 우리는 내부의, 규격에 맞는 사람이 되기 위해 쓰레빠가 아닌 다른 신발을 신고 세상 앞에 당당히 서는 날을 갈망한다. 이런 사고방식은 내부인도 예외가 아니어서 어떤 곳에서는 긴장감을 조성하기 위해 실내에서 쓰레빠를 못 신게 하고 어떤 곳에서는 대외적 품위를 위해 바깥에서 쓰레빠를 신지 말라고 한다.

그런 면에서 나는 외부인처럼 행동하는 인간에 가까웠다. 연봉 협상 결렬로 첫 직장에 사표를 내기 직전, 나는 머리 좀 식힌다는 핑계로 근처 편의점에서 초콜릿을 사 먹곤 했다. 계산대 앞 진열대에서 초콜릿을 고르고 있는데 양복에 구두를 갖춰 신은 청년이 곧장 구두를 쓰레빠로 바꿔 신더니 계산대 앞에 섰다. 사장이 그 청년에게 "잘 보고 왔어?"라고 물었으니 아마 사장은 이 청년이 면접 보고 오는 시간만큼 일을 대신해줬던 모양이다. 초콜릿 값을 지불하며 내가 신은 사무실용 쓰레빠를 잠시 바라보았다. 청년의 쓰레빠 신은 발이 자연스레 그려졌다. 나는 이 규격의 쓰레빠를 벗으려 하고, 청년은 비규격의 쓰레빠를 벗으려 하는구나. "요즘엔 편의점 아르바이트 자리에도 사람들이 몰린다더라. 진짜 취업이 힘드나 봐." 같이 일하던 디자인 팀장님의 걱정 어린 조언이 귓가를 스쳤다.

그 얘기를 들으니 문득 백수 시절이 떠올랐다. 부엌 식탁에 앉아 이력서와 자기소개서를 정성껏 자필로 쓴 후, 우체국으로 향하던 날을. 컴퓨터에 수험번호를 입력한 후 곧 "또, 탈락이구나." 한숨 쉬며 쓰레빠 신고 동네 공원을 터벅터벅 걷던 날을. 토익 공부를 한답시고, 시사 상식을 외운답시고, 공무원 인터넷 강의를 듣는답시고 도서관으로 향하던 날을. 세상이 날린 불합격 문자 따귀에 뺨이 얼얼하던 날을. 직장도 애인도 약속도 아무것도 없으면서 현실도 모르고 책만 읽던 날을. 쓰레빠를 신고 도서관 앞 놀이터에서 스트레칭을 하는 다른 취업 준비생들을 바라보면서 과연 우리의 행동반경은 이 도서관을, 이 지역을 넘어설 수 있을까 막막해하던 날을. 그럼에도 공채 시즌이 끝나면 이들 사이에서도 신데렐라가 탄생했다. 합격의 종이 울리면 계단 위에 떨어진 쓰레빠가 사회인의 구두로 탈바꿈했다. 설사 밥벌이라는 지옥문이 기다리고 있을지라도 그들의 길에 이전과는 다른 레드 카펫이 펼쳐진 건 사실이다.

그럴 때 쓰레빠는 늘 세상에 퇴짜를 맞는 나 대신 세상에 따귀를 날려주는 친구였다. 레드 카펫은 아닐지언정 스펀지 바닥으로 내 바닥을 받쳐주는 250mm의 짤막한 블랙 카펫. 한 걸음 내딛을 때마다 딱딱 소리를 내서 "이런바퀴벌레절편같은이런똥걸레구절판같은/이런시궁쥐통조림같은" 욕을 피처링하며 걸을 수 있게도 해줬다. "무료로!!!행복을커트해드립니다"가 '무료로!!! 합격을커트해드립니다'라는 문장으로 보일 지경에 언제쯤 사회의 격에 맞는 사람이 될 수 있을지 그 시기를 알 수 없어서 막막했다. 그러나 이러한 고민은 신발을 갈아 신은 후에도 계속됐다.

이제는 그나마 내게 주어진 신발이 과연 내게 맞는 것인지 고민하는 단계에 이르렀고, 자연스레 이 세상에는 얼굴 없는 따귀인 불합격 문자보다 갑이 을에게 휘두르는 따귀가 더 많다는 걸 배우게 됐다. 거리에서, 무릎을 꿇린 채, 수표를 내던지며 자기보다 격이 낮다고 여겨지는 사람에게, 뒤처졌다고 여기는 사람에게 힘을 휘두르는 사람들. 그런 사람에게 당하지 않기 위해서 우리는 더 높은 굽이 달린, 더 질긴 가죽으로 만든 신을 신고, 강한 신데렐라가 되길 희망한다. 자신을 무장하느라 꽁꽁 묶여 부푼 발이 그나마 민낯을 드러내는 건 퇴근하고 나서, 아니면 다시 반복되는 과도기가 찾아왔을 때뿐이다.

　다시 돌아온 발의 사정을 아는 쓰레빠가 발바닥을 토닥이며 힘내라는 응원을 던진다. " 눈물도 찰싹/웃음도 찰싹/희망도 찰싹" 이럴 수가, 분명 맞는데 아프지가 않다. 나쁘지가 않다. 내 사정을 아는 유일한 친구가 어깨 툭 치고 분발하라는 소리로 들린다. 발바닥에 몰래 숨겨놓은 나의 낯바닥을 후려치며 낯 두껍게 살아야 한다고, 눈 뜨면 코 베어가는 세상이니 정신 차리며 살라고, 하지만 나를 신을 때만은 그런 긴장은 좀 풀어도 된다고. 쓰레빠가 웃으며 말한다.

　공무원 시험에 합격해 서울로 바람 쐬러 온 친구를 오랜만에 만나고 돌아오던 날. 검은 정장을 입은 앳된 여성이 지하철 좌석에 앉자마자 구두를 벗어 쇼핑백에 넣는다. 쓰레빠로 갈아 신은 그녀가 안도의 한숨을 쉬며 종아리를 주무른다. 피곤했는지 한참을 졸다가 황급히 짐을 챙겨 내린다. 발뒤꿈치에 붙은 훈장 같은 밴드가 몇 년간 쓰레빠처럼 긴장 풀고 살아온 내 눈에 각인된다. 그 마음 알기에, 쓰레빠처럼 그저 힘내라고 속으로 외쳐봤다.

#쓰레빠만_있으면 #눈물도_찰싹_웃음도_찰싹_희망도_찰싹 #나를_신을_때는_긴장_풀어도_돼요 #내_쓰레빠는_언제쯤_구두가_되려나

자신을 무장하느라
꽁꽁 묶여 부푼 발이
그나마 민낯을 드러내는 건
퇴근하고 나서,
아니면 다시 반복되는
과도기가 찾아왔을 때뿐이다.

어떤 종이컵에 대한 관찰 기록

ㄴ 복효근

그 하얗고 뜨거운 몸을 두 손으로 감싸고

사랑은 이렇게 하는 것이라는 듯

사랑은 이렇게 달콤하다는 듯

붉은 립스틱을 찍던 사람이 있었겠지

채웠던 단물이 빠져나간 다음엔

이내 버려졌을,

버려져 쓰레기가 된 종이컵 하나

담장 아래 땅에 반쯤은 묻혀 있다

한때는 저도 나무였던지라

낡은 제 몸 가득 흙을 담고

한 포기 풀을 안고 있다

버려질 때 구겨진 상처가 먼저 헐거워져

그 틈으로 실뿌리들을 내밀어 젖 먹이고 있겠다

풀이 시들 때까지 종이컵의 이름으로 남아 있을지
빳빳했던 성깔도 물기에 젖은 채
간신히 제 형상을 보듬고 있어도
풀에 맺힌 코딱지만 한 꽃 몇 송이 받쳐 들고
소멸이 기꺼운 듯 표정이 부드럽다

어쩌면 저를 버린 사람에 대한
뜨거웠던 입맞춤의 기억이
스스로를 거듭 고쳐 재활용하는지도 모를 일이지
일회용이라 부르는
아주 기나긴 생이 때론 저렇게 있다

ㄴ
나는 나를
재활용합니다
ㄱ

　　　　　　　　　한때 아르바이트를 하던 곳은 역피라미드 구조
의 회사였다. 신입은 적고 관리직은 많으니, 비용 문제로 신입
의 자리에 아르바이트생을 뽑아서 앉혔다. 내가 일한 팀은 관리
직 2명을 제외하곤 나를 포함해 모두 아르바이트생이었으니, 아
르바이트생이 없으면 과연 이 팀이 돌아갈 수 있을까 걱정이 될
정도였다. 그렇다 보니 팀장 입장에서는 누군가가 갑작스레 일
을 그만두고 나가는 게 치명적이었나 보다. 사정상 일을 그만두
겠다고 했더니 아르바이트생인 내게 직접 커피를 타다 주거나 종
이컵에 군것질거리를 담아 내밀곤 했다. 한 달만 더 일해줄 수
없냐고 부탁하면서. 그래, 이때까지는 내가 불과 몇 년 후 일회
용 종이컵 처지로 전락할 줄은 몰랐다.

졸업하고 프리랜서 기고가, 공무원 준비로 시간을 깎아 먹고 간신히 모 무가지 매체에 인턴으로 들어갔다. 인터넷 팀을 꾸리는데 자금이 없으니 청년인턴 제도를 활용해 사회 초년생을 고용한 거였다. 나랏돈으로 월급을 주면서 다른 곳보다 인턴 급여가 많은 거라고 왜 그리 생색을 내는지. 열심히 일했지만 연봉은 동결됐고 곧 회사 사정이 어렵다는 소문이 들려왔다. 일하는 보람도, 비전도 없었다. 일하는 동안의 나는 자판기처럼 트래픽 기사를 생산하는 기계였다. 흔하고, 가볍고, 저렴하고, 마신 뒤 거리낌 없이 버리는 일회용 종이컵처럼 말이다. 여기서 뛰어난 능력은 필요치 않았다. 그럼에도 상사들은 식사 시간 때마다 이 팀의 비전에 대해 꿀 바른 말들을 쏟아냈다. 우리 팀은 독립할 거고, 이런 기회를 통해서라도 인턴을 할 수 있는 너희들은 운이 좋은 거라는 말을. 반복되는 말들에 열정은 휘발되고 말았다.

그 말과 함께 우리가 갖춰야 할 능력들의 가짓수는 늘어만 갔다. 팀장은 이제 너희들 세대는 기사만 잘 쓰는 게 아니라, 어느 정도 디자인 작업도 할 줄 알아야 한다고 조언했다. 미래를 위해 코딩을 배워보라고 권유했다. 부서가 개편되면서 새로운 팀장이 왔지만, 폐간으로 향하는 속도는 빨라지고 있었다. 새로운 팀장은 내게 무조건 인터넷 매체에서 경력을 쌓으라고 말했다. 비워지고 버려지고 비워지고 버려지는 상황을 막으려면 나는 내 용도의 스펙트럼을 늘려야 했다. 학원에서 HTML을 배우고, 방송작가 교육원 수업을 다니고, 독서지도 과정을 수료하고, 웹툰 작가가 쓴다는 페인터 프로그램을 배우기도 했다. 일회용에서 쓰레기로 전락하지 않기 위해서 트랜스포머처럼 변신 능력을 갖춰야 한다는 강박에 시달렸다.

졸업 전 아르바이트할 때까지만 해도 '빳빳했던 성깔'이 점차 물기에 젖어 구겨지고 허물어졌다. 나의 쓰임이 여기서 그치길 원치 않았기에 다른 쓰임을 강구해야 했다. 버려졌지만 "제 몸 가득 흙을 담고" 풀을 안은 종이컵 화분처럼, 나 또한 다른 방향으로 성장할 수 있으리라고 믿었다. '나도 좋은 곳에 취직하면 한곳에 뿌리내려 성장하는 나무처럼 가능성이 있는 사람인데.' 회한이 뒤따르다가도 인턴 생활만 반복하고 마는 건 아닌지 걱정이 앞섰다. 정규직과 인턴의 차이는 늘 컸고, 인턴은 대체될 수 있는 존재라는 사실이 불안하게 했으니까. 정규직이 수건이라면 인턴은 물티슈에 가까운 존재라는 생각이 들기도 했다. 그러나 먹고살려면 이 사회에서 내 자리를 찾아야 했다. 일회용 종이컵 신세일지언정 내 쓰임을 찾기 위해 고군분투했다.

쓸쓸한 자취방에 생기를 불어넣어 주는 종이컵 화분, 급할 때 쓸 수 있는 간장 종지, 책상 위에 놓는 연필꽂이, 흐르는 촛농을 막아주는 촛불 받침까지 일회용 종이컵의 역할은 끝이 없지 않은가. 이와이 슌지의 영화 〈하나와 앨리스〉에서는 종이컵으로 토슈즈를 만드는 장면도 나온다. 영화 주인공인 고교생 앨리스는 오디션 현장에서 종이컵을 잘라 바닥을 세우고, 발목에 테이프를 칭칭 감아 일회용 토슈즈를 만든다. "제대로 춰 봐도 되겠습니까?"라며 멋지게 발레를 선보이는 그녀의 모습에 넋을 잃은 심사위원들. 그 장면을 보는 순간 나를 일회용 종이컵처럼 하찮게 여기다 버릴지언정 할 수 있는 만큼 나란 인간의 역할을 넓히고 넓혀서 뜨겁고 빛나게 살리라는 포부를 가졌다.

다짐대로라면 종이컵 화분의 식물처럼 하루가 다르게 성장하거나, 종이컵 토슈즈처럼 멋진 사회인으로 거듭났어야 할 것을. 인턴이 끝나고 공백기를 가져보니 나에게 반하는 면접관들은 드라마 속에나 존재하고, 정규직으로 가는 길에도 낙하산과 계약직이라는 두 갈래 길이 존재함을 깨닫게 됐다. 그때서야 종이컵의 낭만이 사라지고, 무릇 나란 존재가 또다시 한 번 쓰고 나면 버려질 일회용 종이컵처럼 여겨지는 것이었다. 그런 와중에도 감히 썩혀버릴 수 없었던 것은 단비 같은 주변 사람들의 응원과 나를 지탱하는 소소한 성취의 이력이었다. 그리고 가장 위로가 된 건 나와 같은 처지의 사람들이 절대 다수라는 세상의 진리였다.

가령 모임에서 만난 서른 중반의 언니는 이직의 이유를, 연차가 쌓일수록 회사에 필요 없는 존재가 되기 때문이라고 설명했다. 연차가 쌓이면 월급은 늘어나지만 마땅히 회사에서 하는 디자인 작업이 엄청난 창의력을 요구하는 일은 아니라고 말했다. 많은 작업을 빨리 해내는 게 중요하다 보니 신입도 몇 년이면 그 일을 충분히 할 수 있다고. 회사에서 버티려면 190ml의 종이컵 용량에 넘치지 않는 능력만 필요할 뿐. 그릇에 넘치는 경력이나 능력이나 의욕을 보일 경우 점차 회사의 생리에 먼 사람이 되어 간다고. 살아남기 위해 어떻게 해서든 쓰임을 찾아 나서는 일만 큼이나 일회용의 분수에 맞게 자신을 가둬두는 일도 쉬운 일이 아니었다.

"어쩌면 저를 버린 사람에 대한/뜨거웠던 입맞춤의 기억이/스스로를 거듭 고쳐 재활용하는지도 모를 일이지/일회용이라 부르는/아주 기나긴 생이 때론 저렇게 있다". 우리는 세상의 부속품처럼, 일회용 종이컵처럼 대체될 수 있는 존재일망정 기나긴 생을 거듭 고쳐 재활용하거나 오독과도 같았던 경험들을 재해석하며 살아간다. 생계에 대한 불안뿐 아니라 훗날 내가 낳아 기를 존재에 대한 책임감이 나 자신과 세상에 대한 태도를 거듭 고치게 만든다. 우리가 그토록 우리 자신을 재활용하며 사는 건 우리의 생이 사회의 일꾼을 넘어 이 세상의 구성원으로서 실뿌리처럼 연결되어 있기 때문이다.

종이컵 위에 종이컵이 쌓이는 모습은 누군가가 내 자리를 대체하는 상황에 가깝다. 하지만 다른 관점에서 그 모습을 본다면 비어 있는 종이컵에 다른 종이컵이 쌓여서 흔들리지 않는 무게를 얻는 형상이다. 누군가가 내 쓰임을 대신하거나 내가 누군가의 쓰임을 대신하는 것이 아닌 함께해서 또 다른 쓰임을 찾는 것.

　쓸모의 강박에 시달리던 수백만의 종이컵들이 광장에 모인 지 몇 주다. 종이컵은 썩어 소멸해도 실뿌리는 이 땅에서 자라기에, 언젠가 꽃으로 피어나기에 모두들 촛불을 든다. "나는 평범한 사람입니다". 평범한 사람, 절대다수의 사람들이 한데 모여 우리의 또 다른 쓰임을 밝힌다. 뜨겁고 빛나는 존재들이 분노로 종이컵을 구겨버리는 대신 그 안에 촛불을 꽂은 채 그곳에 서 있다. "진짜 능력 있는 사람은 자신을 단 하나의 역할로만 규정짓지 않아요."라고 말하던 모 강사의 말을 뒤늦게나마 재해석해본다.

#반복과_번복_속에서_열정은_휘발되고 #그럴_거면_트랜스포머를_고용하시죠 #일회용이라_부르는_아주_기나긴_생이_여기에_있다

공룡 인형
ㄴ 황유원

마당은 공룡 인형들로 무너질 듯하다

한때 지구의 주인이었던 것들이

이제 작은 고무 인형이 된 채 마당을 걸어다니다 이렇게 문득

정지해 있는 것이다

누가 정지 버튼이라도 누른 듯

더 이상 잡아먹지도

으르렁거리지도 못하고

마당에 늘어져 있는 공룡들

가끔 누가 와서 가지고 논다

그들에게 목소리와 동작을 부여하는

아이의 고사리 같은 손과 음성

공룡의 상상력에 대해서라면 생각해 본 적 없지만

아마 상상도 못했을 것이다

자신들이 작고 말랑말랑한 고무 인형이 되어

아이의 몸 빌어 움직이게 될 날이 올 줄은

아니 어쩌면 알고 있었을까

마당에 저녁이 오고

지겨워진 아이가 공룡들 내팽개친 채 자릴 떠나면

그들은 쓰러진 채 고요하고

다시 일어설 줄을 모른다

같은 어둠이지만

한때는 이불처럼 덮고 자던 어둠이

이제는 모든 움직임을 잃은 인형들을 덮어 주기 위해 천천히

마당 위로 깔릴 때

아이는 조금 늙어 있고

바람 한 번 불자

중생대부터 있어 온 은행나무 잎 마당에 떨어진다

은행나무는 자신이 은행나무 인형이 되는 꼴을 보게 될 날은

아마 없을 거라고 확신하는 듯하고

마당은 이 온갖 것들로 인해 잠시

폐허가 되어 본다

누가 와 재생 버튼이라도 누르고 간 듯

폐허가 되어 흘러갔고

오래전이라고도

오랜 후라고도 말할 수 없었다

내 인생에도
전성기가 올까?

내가 대여섯 살 때만 해도 또래 남자애들 중에 공룡에 미친 친구들이 많았다. 트리케라톱스, 안킬로사우루스 등 발음도 어려운 공룡 이름을 줄줄이 외우고 공룡 성대모사를 하는, 지금으로 말하면 '공룡 덕후'들이 꽤 됐다. 딱딱한 고무로 만든 공룡 인형 세트를 들고 다니며 초식공룡과 육식공룡이 싸우는 인형 게임을 줄기차게 해대던 소년들. 한국 공룡연구센터 허민 소장은 아이들이 공룡을 좋아하는 이유에 대해 사람은 일반적으로 최고의 것, 즉 가장 긴 것, 가장 무거운 것, 가장 큰 것, 가장 사나운 것 등에 큰 관심을 보인다면서 한때 지구의 지배자였던 공룡을 경외하는 마음도 작용할 거라고 설명한다.

하지만 "한때 지구의 주인이었던 것들"은 "아마 상상도 못했을 것이다/자신들이 작고 말랑말랑한 고무 인형이 되어/아이의 몸 빌어 움직이게 될 날이 올 줄은". 커봤자 고작 30cm가 안 되는 크기에 고사리 같은 아이 손에 안기다니. 공룡 체면이 말이 아니다.

그러다 문득 이렇게 커다란 공룡도 지구에서 멸종됐는데 현 인류가 수만 년 뒤에도 지구의 주인으로 떵떵거리며 살까 의구심이 든다. 그건 아무도 장담 못할 일이다. 우리가 유인원인 침팬지를 인형으로 만들어서 가지고 놀듯 수만 년 뒤에 지구를 지배할 신생물도 인종별로 사람 인형을 만들어 가지고 놀지도 모른다. 그때가 되면 인형 신분이 된 사람은 〈토이 스토리〉의 카우보이 인형 우디처럼, 최신 우주 액션 전자 인형 버즈가 소년의 사랑을 독차지할까 봐 전전긍긍하겠지.

무시무시한 공룡이 마당에 쓰러져 꼼짝도 못 하는 처지를 보고 누군가는 그들에게 전성기가 있기는 했을까 허무한 생각이 들지도 모른다. 하지만 이렇게 시간이 흐른 뒤에도 사람들의 사랑을 받으며 현역 생활을 한다는 게 얼마나 영광인가 싶다. '인형'으로 선택받아 만들어질 영광은 아무나 누리는 게 아니다. 사람들은 손에 넣을 수 없고 만질 수 없지만, 손 안에 잡아보고 싶은 것들을 인형으로 만든다. '미남·미녀·로봇·괴물·야수·동물·곤충·애니메이션 캐릭터' 등 선망하는 존재에 가까운 것들을 인형으로 만들어, 그 인형이 품고 있는 세계를 유영한다.

　초등학교 시절 국진이빵, 핑클빵, 포켓몬스터빵이 차례로 큰 인기를 끌었다. 사랑스럽고 귀여운 스티커를 종류별로 모아 수첩에 붙여놓는 친구들도 많았다. 특히 포켓몬스터는 스티커 앨범도 존재했는데 아이들은 마치 자기 재산이나, 에너지 화력이라도 되는 것처럼 이것들을 광적으로 모은 다음 과시했다. 실사를 만질 수도 가질 수도 없으니 모조된 세계를 수집하면서 대리 만족하는 것이다. 무엇보다 포켓몬스터는 몬스터들의 종류가 다양해 모으는 재미가 있고 잘만 길들이면 친구, 보디가드가 되어주니 몬스터를 수집하는 건 무기를 얻는 것과 다름없었다. 그랬던 포켓몬스터가 2016년에 증강 현실 게임인 '포켓몬 GO'로 돌아왔으니 공룡 같은 괴물들의 전성기였던 중생대가 다시 열린 셈이다. 친구나 보디가드가 이따금 다시 필요해진 까닭일까. 최고의 것을 가지려는 열망이 발현한 까닭일까.

　21세기를 살며 중생대로 회귀하는 삶에 열광하는 사람들을 지켜보며 묘한 기분에 빠져든다. 그들은 왜 포켓몬에 갖은 공룡 같은 괴물들을 잡아넣고, 소유하고, 제 손바닥 위에 놓고 조종하고 싶어 하는 걸까. 더 힘이 세고 강한 것들을 가짐으로써 자신마저 힘 있고 무섭고 강한 존재가 되고 싶은 건 아닐까. 현실의 벽 앞에 무력해지고 힘없는 존재임을 확인받으며 사는 시점에 더 제 기량을 펼치고 싶고 더 날고 싶고 대체될 수 없는 유일무이한 존재가 되고 싶어서가 아닐까. 포켓몬 GO를 소환하려는 건 어쩌면 이런 욕구 불만이 반영된 결과일지도 모른다.

향수 어린 포켓몬스터의 재림을 보면서, 가장 외우기 쉬웠던 이름인 이상해씨를 떠올려본다. 이상해씨-이상해풀-이상해꽃으로 진화하는 두꺼비 이상해씨. 전투력과 꽃은 아무리 생각해도 어울리는 그림이 아니라 난 이상해씨 캐릭터를 볼 때마다 이상한 기분에 사로잡히곤 했다. 꽃이 필 때가 전투력이 최강일 때라니. 못생긴 두꺼비와 아름다움의 극치인 꽃의 조화라니. 그때는 이 캐릭터가 가장 비호감 캐릭터였는데 지금은 포켓몬스터 중 가장 철학적인 캐릭터가 이상해씨라고 생각한다. 우리는 모두 이상해씨처럼 내가 갖지 못한 것을 꽃피우고 싶어 하니까. 그러나 그 세계를 가지려면 오랜 시간이 걸리기도 하고, 때로는 가망도 없기에 그 세계를 축소한 복제품이라도 품에 안아 소소한 행복을 누리고 싶은 거겠지.

포켓몬 GO를 소환하러 사방팔방 뛰어다니듯 세기의 영웅들을 미니 사이즈로 제작한 한정판 피규어 수집에 열을 올린 마니아들도 많다. 특히 한정판은 한정된 물량을 한정된 기간에만 팔기에 덕후가 아니고서는 쉽게 손에 넣지 못하는 물건이다. 특별히 비싼 소재로 만들어진 것도 아닌데 그저 희소하다는 특성 하나가 한정판의 가치를 높여준다. 패스트푸드점에 진열된 한정 수량 피규어들조차 갖기 위해선 몇 시간씩 줄을 서서 기다려야 한다. 그 모습을 볼 때마다 '우리 모두가 보급형 인간이 아닌, 한 정품 인간처럼 살아갈 수는 없을까' 하는 생각이 든다. 살아남기 위해선 대체될 수 없는 사람이 되어야 한다고 강요하는 사회. 대체 인력이 없으면 대체되지도 않을 텐데, 저절로 희소성 있는 사람이 될 텐데, 생각하다가 진열장은 좁고 사람은 많은 판국이라 망상은 망상으로 끝난다.

보급형 장난감들은 시즌이 끝나면 할인가에 팔린다. 똑같이 생긴 장난감들이 지구상에 널려 있고, 새로 치고 올라오는 장난감들도 수두룩하니 시간이 지날수록 값이 떨어지는 게 당연하다. 그러니 전성기도 한때라 물 들어올 때 노 저으라는 말이 있는 거겠지. 그래도 이들은 잠시나마 전성기를 겪어봤으니 그것만으로도 어딘가. 은행나무는 자신이 인형 되는 꼴은 없을 거라며 아이들에게 내팽개쳐진 공룡 인형을 불쌍하게 바라봤지만, 그 인형도 나름대로 전성기가 있었다. 인형처럼 단 한 번의 전성기도 없이 살아가는 존재가 부지기수다. 길면 두 달에 한 번, 영화관 앞 캡슐 토이 기계 앞에 앉아 손잡이를 돌리는 나는 피규어를 품에 안고 한정판 인간으로 살, 아직 오지 않은 내 전성기를 꿈꾼다.

#중생대로_회귀하는_꿈 #이렇게라도_소소한_행복을_누려야지 #내_인생의_전성기는_언제쯤_오려나?

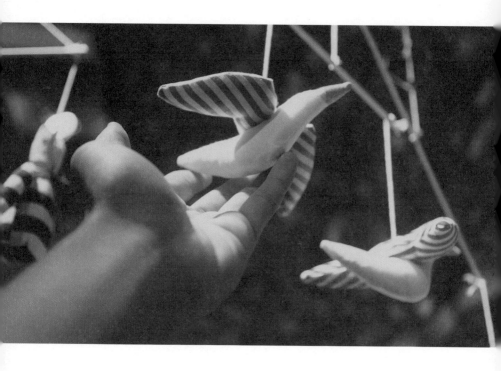

단 한 번의 전성기도 없이
살아가는 존재가 부지기수다.
한정품 인간처럼 살아갈 수는 없을까.
피규어를 품에 안고
아직 오지 않은 내 전성기를 꿈꾼다.

왕자와 거지

└ 송찬호

보은 공단 공유지 한 켠에

녹슬고 고장 난 채

비를 맞고 서 있는 기계를 보았네

아니, 자네 왜 거지 옷을 입고 여기 있나

한때, 쇠를 씹어 먹고

이빨로 철판을 철컥철컥 자르던

노동의 왕자 아니었나?

기계와 나는 가까운 술집으로 자리를 옮겼네

우리는 웃고 마시고 노래를 불렀지

기계가 소리쳤네

두고 보게나

앞으로 우리 기계들 세상인 미래가 오면 미래가 오면……

정말 미래는 어떻게 다가올까
아마 미래의 그때에도
모닥불 앞에
추운 기계들이 둘러앉아
저처럼 잉여의 노래를 부르고 있겠지

그러니 기계들이여,
너무 멀리서 미래를 기다리지 말게
벌써 인간과 기계가 키스하고
기계끼리도 사랑을 나눌 수 있는
내가 아는 좋은 2차 술집이 있다네

알파고 앞에서는
너나 나나

구글 딥 마인드가 만든 인공 지능 알파고가 이세돌과의 바둑 대결에서 4대 1로 승리를 거둔 사건은 2016년 상반기 최고의 이슈였다. 로봇의 정교한 발전에 놀라움을 감추지 못하면서도 수십 년 안에 로봇이 인간의 일자리를 빼앗는 게 아니냐는 우려 섞인 목소리가 나왔다. 실제 사라질 직업군 리스트가 줄을 잇기도 했다. 오목만 둘 줄 알지 바둑엔 문외한인 나조차도 알파고가 '실수'를 위장한 수로 승을 거뒀다는 얘기에 소름이 끼쳤다. 그렇게 똑똑하다니. 사실 나는 2000년대만 들어서면 로봇이 모든 노동을 다 하고 인간은 유희나 즐기며 살 줄 알았다. 어렸을 적 본 만화가 내 미래관에 적지 않은 영향을 준 셈인데, 2016년이 됐는데도 주변에선 SF 영화에 나올 법한 로봇을 찾아볼 수가 없어 실망감이 컸다. 로봇이 나오는 영화라면 무조건 좋아하는 내게 '알파고'는 판타지의 실현이자, 설레는 미래였다.

하지만 이 경기를 보고 난 뒤의 느낌은 설렘과 동시에 두려움이었다. 알파고는 그동안 꿈꾸던 이상적인 존재였지만 그건 어디까지나 인간이 로봇을 컨트롤할 수 있다는 전제가 깔려 있었다. 그러니 노동은 로봇이 하고 인간은 좀 더 삶을 즐기면서 살 것이라고 생각할 수 있었지. 하지만 이 경기를 통해 육체적 능력으로 보나, 지능적 능력으로 보나 인공 지능이 인간을 넘어설 것은 분명해보였다.

이제 문제는 그런 세상에서 정말 인간이 로봇을 컨트롤할 수 있을지, 인간이란 존재의 영역을 지킬 수 있을지 여부다. 내가 본 SF 만화에서 로봇은 인간의 명령을 따를 뿐, 거부할 권리가 없었다. 그리고 할리우드에서 만들어진 SF 영화의 대다수가 이러한 윤리 강령이 내재된 로봇을 주인공으로 등장시킨다. 그런데 인공 지능 로봇이 나보다 더 똑똑하다면 과연 그들이 인간의 지배를 받으려고 할까. 오히려 로봇이 인간을 대체하고, 로봇이 인간의 상사가 될 수도 있지 않을까.

호시 신이치의 플라시보 시리즈 《도둑회사》에서는 실제 인간을 관리하는 로봇 상사가 등장한다. 책에 수록된 단편 〈새로운 사장〉에는 너무나 완벽해서 인간 사원을 옥죄는 사장이 나온다.

새로 부임한 사장은 인사를 할 때 정확히 30도로 상체를 숙여야 하고, 1%의 계산 착오도 용납하지 않는다. 사장의 빈틈없는 지적에 지친 부하는 얼빠진 인간에 가까웠던 전 사장을 그리워한다. 그러던 어느 날 사장의 귀를 후벼주던 부하는 사장의 정체가 정밀하게 조립된 로봇임을 눈치챈다. 인간 부하는 당장 로봇 사장의 머리통을 갈라 그 안을 들여다보고 싶지만 그런 짓을 하면 큰 벌을 받을 거란 생각에 마음을 접는다. "이런 사장이 되기까지는 엄청난 돈이 들었을 것이다. 대주주들이 모여서 이 로봇을 사장 자리에 앉힌 것이다. 어떤 세상에서든 고가품은 위에서 아래로 보급해가는 것이다."라고 현실을 받아들이면서.

이렇듯 로봇이 지능적인 면에서 인간보다 우월할 수 있다는 가정은 이제 별로 이상하지 않다. 이런 상황에서 인간은 로봇과 인간의 차이점으로 '감성'을 꼽는다. 특히 예술이란 감성의 수준이 극도로 발달된 사람들이 "밥은 먹고 다니니"라는 세간의 걱정을 꾸역꾸역 삼키며 이뤄내는 작업이다. 현대 사회에서 부차적인 재능으로 취급받던 것이 바로 예술적 재능인데, 로봇 시대에 와서야 예술이야말로 인간성의 증명이라 말하다니. 이제 또 새 나라의 어린이가 전부 예술형 인재가 되어야 할 판국이다. 그런데 만약 인공 지능 로봇이 인간보다 더 나은 감수성과 이타성마저 발휘한다면 그때 사람들은 로봇을 더 사랑하게 되지 않을까.

가령 영화 〈인류멸망보고서〉에 나오는 로봇은 인간이 지닌 욕망에서 벗어나 해탈의 경지에 다다른 존재다. 불가에서는 이 로봇을 불성을 가진 수행자로 바라본다. 마치 도를 깨친 것처럼 깨달음의 메시지를 던지는 로봇이라니. 로봇은 자신을 처리하러 온 로봇 수거반과 스님들이 대립하자 스스로 작동을 끊어버리기까지 한다. "이제 모두 거두십시오."라는 화두를 남기고서는. 이렇게 멋있는 로봇이라면 어찌 사랑, 아니 존경하지 않겠는가.

이 뿐일까. 남자 주인공이 인공 지능 OS와 연애하는 영화 〈Her〉에서는 사람보다 더 따뜻하고 섹시한 OS의 활약을 볼 수 있다. OS 사만다는 주인공의 기분을 위로하기 위해 자작곡을 선물하고, 그림도 그리는 만능 재주꾼이다. 점쟁이처럼 내 마음에 쏙 드는 말만 골라서 해주는 사만다의 공감 능력을 보노라면, 영화 속 OS의 국내 출시가 시급하다는 생각마저 든다. 아마 그때는 사람 애인이 아닌 주머니 속 인공 지능 애인과 24시간을 함께하는 사람들이 늘어날지도 모른다.

한데 로봇이 아무리 유능한들, 인간보다 지능이 높다고 한들 그 삶이라고 다를까. 인간의 일을 대신해야 하니 인간이 짊어진 육체와 감정의 소모 또한 그들도 경험하게 될 터. 또 자신들만의 공동체를 이룬다면 인간과 비슷한 양상으로 경쟁하고 우위를 선점하려는 구도도 생기지 않을까. 앞에서 말한 호시 신이치의 다른 소설에는 가정을 이룬 로봇이 경쟁에서 뒤처지지 않으려 퇴근하고 나서도 매뉴얼 책을 쌓아놓고 자기계발을 하는 내용이 나오는데 낯설지가 않다. 한때 잘나갔던 기계가 거지꼴을 한 채 비를 맞고 서서 한탄하며 내뱉는 말이 "앞으로 우리 기계들 세상인 미래가 오면 미래가 오면……"이다. 로봇이라고 세월의 풍파를 피해갈 수 있겠는가. 신형 로봇이 구형 로봇을 밀어내겠지. 먹고살려다 보니 정말 일하는 기계처럼 살겠지.

그러니 시인은 " 아마 미래의 그때에도/모닥불 앞에/추운 기계들이 둘러앉아/저처럼 잉여의 노래를 부르고 있겠지"라고 이미 경험해본 사람처럼 얘기하는 거겠지. 그러니 미래, 미래 하고 기다리지 말고 '키스'하고 '사랑'도 나눌 수 있는 술집에서 술 한잔하자고 토닥이는 거겠지. 로봇이란 단어를 사람으로 바꾸어도 이질감이 없다는 게 SF 영화가 주는 풍자겠지.

미래의 로봇 세계에서도 왕자와 거지는 존재할 테고 그때가 되면 인간이나 로봇을 구분하는 것은 무의미할지도 모른다. 그저 잉여가 된 이들이 함께 둘러앉아 노래나 부르겠지. 차라리 일에 제 감정을 섞는 인간보다 감정이 없는 로봇이 직장 동료로 썩 괜찮을지 모른다는 상상도 잠깐 해본다. 어차피 내가 못 갖는 일자리 전부 다 로봇한테 빼앗겨버리든 그게 무슨 상관이람. 이렇게 강 건너 불구경하고 있는 와중에 뉴스를 검색해 보니 일본의 인공 지능도 호시 신이치 문학상에 도전해 예선을 통과했다고 한다. 이미 해외 여러 뉴스 매체들이 로봇 기자를 도입한 지 오래

이니, 미약한 나의 글쓰기 재주도 '잉여 능력'으로 치부당할 날이 머지않았다. 뭐. 그전에도 딱히 대단한 능력자는 아니었지만 말이다.

#잉여의_노래를_부르며_2차로 #로봇도_우리처럼_소모될_게_분명해 #그러니까_지금_키스하고_사랑해야지

2

뒤집어도 될까? 찌질한 인생의 판

비

└ 이준관

어렸을 때는
내 머리에 떨어지는 비가 좋았다
비를 맞으면
해바라기 꽃처럼 쭉쭉 자랄 것 같았다

사랑을 할 때는
우산에 떨어지는 비가 좋았다
둘이 우산을 받고 가면
우산 위에서 귓속말로 소곤소곤거리는
빗소리의 길이
끝없이 이어질 것 같았다

처음으로 집을 가졌을 때는
지붕 위에 떨어지는 비가 좋았다
이제 더 젖지 않아도 될 나의 생

전망 좋은 방처럼

지붕 아래 방이 나를 꼭 껴안아 주었다

그리고 지금

딸과 함께 꽃씨를 심은

꽃밭에 내리는 비가 좋다

잠이 든 딸이

꽃씨처럼 자꾸만 발가락을 꼼지락거리는 것을

보는 일이 행복하다

ㄴ
관 값이
이렇게 비싸다니
ㄱ

20대가 되면 고향을 떠나 새로운 곳에서 생활할 기회가 많아진다. 학교 때문이든 취업 때문이든. 부모와 함께 살면 여러 가지 비용이 절감되고 안락하겠지만 사정이 여의치 않으니 내 몸 누일 곳을 스스로 찾아야 한다. 20~30대엔 모아놓은 것도 많지 않고 부모의 지원을 받기에도 한계가 있어 열심히 찾아도 기껏해야 원룸 정도다. 사회 초년생들은 서울에 올라오자마자 '자기만의 방'을 얻는 일로 녹초가 될 가능성이 높다. 20대, 집과의 전쟁이 시작되는 시기다.

나의 경우 첫 월세를 구로에서 시작했다. 세는 35만 원이었지만 관리비가 8만 원이었다. 거짓말 하나 안 보태고 도로 소음 때문에 창문을 열어놓을 수가 없었다. 설사 창문을 열어놓는다 해도 옆 건

물 아저씨가 담배 피우는 모습을 정면에서 목격해야 했다. 새벽 4시까지 TV를 크게 틀어놓는 옆방 사람 때문에 늘 잠을 설쳤다. 방은 딱 고시원 크기였다. 차라리 밤 12시 이후에는 큰 소리를 내지 못하게 하는 고시원이 나을 거란 생각에 다시 발품을 팔고 다녔다.

말이 좋아 원룸텔이지 고시텔과 다를 바 없는 곳으로 이사를 갔다. 방은 3분의 2로 작아졌지만 창문도 크고 햇볕도 잘 들었다. 지붕의 3분의 1이 투명 창인 다락방이라 다른 방보다 고시원비가 3만 원 쌌다. 인터넷도 초고속이었고, 사람들도 모두 조용히 행동했다. "처음으로 집을 가졌을 때는/지붕 위에 떨어지는 비가 좋았다"는 시구처럼, 젖지 않아도 될 나만의 공간이 생겼다는 사실에 그때까지는 매우 행복했다. 문제는 여름철 장마가 시작되면서부터였다. 벽과 지붕이 창문인 다락방의 구조상 빗소리가 돌 떨어지듯 크게 울렸다. 이러다 유리가 깨지는 건 아닌지 노심초사했다. 총무는 옆방 창문에서 비가 샌다며 내 방에도 비가 새는지 확인하러 왔다. 싼 곳은 다 이유가 있었다.

가장 불편한 곳은 식당이었다. 1층 식당에는 앉아서 밥 먹을 공간이 없었다. 그래서 사람들은 식당에서 음식을 조리하면 자기 방에 가져가서 먹었다. 식당은 1층, 내 방은 5층이기에 뜨거운 국물이라도 들고 올라가는 날에는 행여 위층에서 누가 뛰어내려오는 건 아닌지 예의 주시하며 쟁반을 날랐다. 방금 끓인 찌개를 바로 옆 식탁에 놓고 먹는 일이 당연한 게 아니라는 걸 그때 알았다. 불편하고 좁았어도 타향살이를 하는 내게 그나마 두 발 뻗고 쉴 수 있는 곳은 그곳뿐이었다. 문제는 방세였다. 3만 원이 싸도 42만 원이었다. 주인에게 현금영수증을 끊어달라고 하자 주인은 내게 5만 원을 더 내라고 했다. 30만 원 이상은 현금영수증이 의무가 아니냐고 따지자 그는 질린 듯 알았다고 했다.

서울에서 자취를 하다 보니 외로움도 외로움이지만 편안하게 쉴 수 있는 제대로 된 내 공간 하나 갖는 것이 비현실적인 일이라는 것을 알게 됐다. 그 순간 내 그리움의 대상이 가족인지, 아니면 가족이 사는 고향 '집'인지 헷갈렸다. 분명한 건, 적어도 좁은 그 공간에 있을 땐 가족보다는 고향 집의 평수가 주는 안락함이 매우 그리웠다는 사실이다.

직장 생활을 할 때 그런 안락함이 주는 여유가 생활의 질에 어떤 영향을 주는지도 체득했다. 본가에서 생활하거나 좋은 집을 얻어 독립한 동료들은 에너지를 충전하고 회사로 출근한다. 하지만 그렇지 못한 사람들은 월급의 3분의 1 이상을 월세로 바쳐 생활이 쪼들리거나 출퇴근길에만 몇 시간을 써 기력을 소진할 수밖에 없다. 어떤 집에서 사느냐가 일의 능률에도 영향을 주니, 일에 집중할 수 있는 여건은 누구에게나 공평하게 주어지지 않는다는 걸 의지와 상관없이 알아야 했다. 방세에 지출하는 돈이 늘수록 생활의 여유는 재탕해서 먹는 찌개처럼 졸아들었다.

그럼에도 사람들은 우주처럼 넓은 공간space에서 장소place를 찾는다. 단골손님처럼 편하게 다리 뻗을 수 있는 장소를 추구한다. 그러나 '부동산'은 비싸다. '우주 같은 장소' 대신 '관만 한 방 한 칸'도 겨우 구하는 현실에서 나는 젊은이들이 SNS를 적극적으로 사용하는 이유가 단순히 기기 문명에 익숙해서만은 아니라고 생각한다. 오프라인에서 쉽게 가질 수 없는 '장소'를 온라인에서는 쉽게 가질 수 있다는, 갈망을 충족시켜주는 심리적 기제도 작용한 게 아닐까. 한때 인기를 끌었던 미니홈피가 개설할 당시 임대료를 내야 했다면 그만큼 확산될 수 있었을까. 트위터, 페이스북이 사용료를 받는다면 젊은이들이 기꺼이 돈을 내놓고 이용할까. SNS는 얻기 힘든 오프라인의 장소를 대신할 가상의 '집'이다. 너저분한 원룸 대신, 침대 위에 놓인 맥북만 찍어 보정하고 SNS에 올리면 내 집이 달라진다.

　　시 속에서 내가 실현한 행복은 1연에서 멈추고, 2연은 의지가 있다면 실행할 수 있고, 3연은 노력을 해도 쉽지 않다. 4연은 애초에 자신이 없다. 초등학교 3학년 때 해바라기를 심으며 새싹이 나오려면 '비'와 '기다림'이 필요하다는 걸 배웠고, 자라면서 비를 맞으면 감기로 고생한다는 걸 알고 나서는, 내겐 나를 젖지 않게 할 '집'이 간절해졌다. 비록 원룸텔이었지만 지붕 위에 떨어지는 빗소리가 좋았다. 지붕이 나 대신 비를 맞아 주니까. 그런데 기다려도, 노력해도 내 한 몸 편히 누일 방 한 칸을 얻기가 쉽지 않다

는 걸 알게 된 지금 4연처럼 내가 "딸과 함께 꽃씨를 심은/꽃밭
에 내리는 비가 좋다"까지 가는 건 무리라고 본다. 유리 멘탈, 개
인주의, 저질 체력 3종 세트를 갖고 있는 내게 그건 책임감 차원
에서 버거운 일이다.

　시인처럼 나도 천국의 계단을 한 계단 한 계단 밟고 올라설 수
있을까. 끊어진 계단을 향해 슈퍼마리오처럼 목숨을 걸고 점프
를 해야 하는 건 아닐까. 여차하면 그 밑으로 떨어져야 하는데?
내가 누운 방에 햇살이 떨어져서 손으로 방바닥 위 햇살을 쓰다
듬었던 행복, 부엌에서 끓인 찌개를 바로 옆 식탁에 올려놓고 먹
을 수 있는 행복, 베란다에 빨래를 말리는 행복, 소음에 시달리
지 않고 편안하게 자는 행복. 기본 주거권을 획득하기조차 버거
운 세상이다. 죽어서가 아니라 살아서 천국에 가고 싶은데 너무
큰 욕심인가. 말이 좋아 꿈동산이지 개천에서 용 나고 나만 열심
히 하면 성공한다는 공식이 무색해진 요즘 세상에선, 비빌 언덕
이 클수록 꿈동산도 커진다. 눈앞에서 천국의 계단이 끊어지는
걸 보는 청춘이 늘어나고 있다. 관만 한 원룸에서 '관 값이 이렇
게 비싸다니' 한숨 쉬면서.

#관_속에서_듣는_빗소리 #방세에_왜_현금영수증을_안_끊어주나요 #실은_가족이_아
니라_집이_그리운_걸지도

말이 좋아 꿈동산이지 개천에서 용 나고
나만 열심히 하면 성공한다는 공식이 무색해진 요즘 세상에선,
비빌 언덕이 클수록 꿈동산도 커진다.
눈앞에서 천국의 계단이 끊어지는 걸 보는
청춘이 늘어나고 있다.
관만 한 원룸에서
'관 값이 이렇게 비싸다니' 한숨 쉬면서.

겸상

ㄴ 조용숙

수원역 24시간 편의점에서

좀 이른 저녁을 먹는다

밥상 위에 차려진 저녁 메뉴는

컵라면 하나

나보다 조금 먼저 젓가락을 든

노숙자 옆에서 컵라면 포장을 뜯는다

단단히 뭉친 면발을 나무젓가락으로

휘휘 저어대는 그를 흘깃흘깃 쳐다보며

내 라면에도 뜨거운 물을 붓는다

뜨거운 물에 바로 풀어지는 면발 앞에서

그와 나 사이에 흐르는 냉기를

손바닥에 전해지는 컵의 온기로 녹여낸다

세상에 굽실거리기 싫어

거리에서 혼자 밥 먹는 날이 많았을 그와

아무 데나 함부로 고개 숙이기 싫어

세상 살아가는 일이 불편한 내가

먹으면서 서로 정이 든다는 가족처럼

어느새 많이 닮아 있다

혼밥,
평등한 겸상의 미학

　　자취할 때 늘 요리 프로그램을 틀어놓고 살았
다. 당시 살던 원룸텔의 공용 부엌은 좁았고 거의 대부분 끼니
를 방에서 혼자 라면과 밥, 김치로 때워야 했다. 혼자서 밥 먹는
건 상관없지만 이런 처지에 밥을 혼자 먹다 보면 어느 순간 식사
의 품격은 사라지고 허겁지겁 배를 채우는 모양새가 된다. 같이
먹을 사람이 없다 보니 자연히 반찬도 부실해진다. 이럴 때 천장
에 매단 굴비 역할을 하는 게 바로 '혼밥'을 생중계하는 방송이다.
TV 속 연예인이 유명하다는 맛집에 홀로 들어가 노트북으로 밥
먹는 모습을 중계한다. 이 방송을 틀어놓고 밥을 먹으면 마치 내
가 그 연예인과 함께 맛난 음식을 먹는 기분을 느낄 수 있으니,
요즘 자취생들 중에는 집에서 먹방, 쿡방을 보며 혼밥을 하는 사

람들이 꽤 많다.

　TV에서는 혼밥족들을 위한 음식점, 퇴근길에 홀로 술 한잔 마시며 자신을 위로하는 혼술족들을 자주 볼 수 있다. 이런 걸 보면 이젠 집에서가 아니라 식당에서도 혼밥을 당당히 할 수 있겠구나 싶은데, 이런 현실이 미디어와 똑같을 리 없다. 오랜만에 식당에서 밥 같은 밥을 사 먹으려고 해도 단체 생활이 익숙한 우리에게 넓은 식당에 홀로 앉아 밥을 먹는 일은 아직도 머쓱한 행위에 가깝다. 더욱이 우리 사회는 혼자 밥 먹는 사람들을 사회적으로 문제가 있는 사람으로 바라보는 경향이 강하다. 아르바이트를 하던 때에 점심 식사를 하는 선배들을 앞에 두고 "가끔은 혼자 밥 먹고 싶지 않아요. 난 혼자서 천천히 밥 먹을 때, 그때가 참 평화로운 것 같아요."라고 말한 적이 있다. 그런 나를 바라보는 언니·오빠들의 표정은 '애, 뭐래니.' 눈빛이 말해주고 있었다. 그런 사람은 '이방인'이라고. 그럼 시간이든 돈이든 어떤 이유로든 밖에서 혼자 끼니를 때워야 하는 사람은 어쩌란 말인지.

　사실 내가 이방인 취급을 받으면서도 혼밥을 선호하게 된 건 다 이유가 있다. 대가족 울타리 안에서 자란 나는 늘 혼자만의 공간, 혼자만의 시간을 꿈꿔왔다. 한 끼를 먹으면 국공기, 밥공기, 반찬 그릇 다 합쳐 설거지 그릇이 모두 20개에 육박했다. 집안일은 엄마가 했을지언정 가끔 엄마를 도와주는 내 입장에서 대가족의 '한 끼'는 대량의 설거지를 배출하는 행위였다. 더욱이 밥 먹는 속도가 느린 데다 할머니의 식도 구조를 이어받아 자주 사레에 걸리는 나는, 중고등학교 시절 급식차가 나갈 때까지 밥을 먹고 앉아 있는 느림보에 속했다. 밥을 다 먹고 내 식판만 뚫어져라 쳐다보는 친구들에게 어찌나 미안한지. 길지도 않은 점심 휴식 시간을 내가 다 잡아먹은 꼴이다.

이러다 보니 밥을 먹으면서 대화를 한다는 건 내게 외발자전거를 타면서 저글링을 하는 일과 같다. 원체 느린 식사 속도가 나무늘보 수준으로 떨어지니 밥을 먹을 때면 가능한 별말 없이 음식을 먹는 데만 집중하거나 혼자 먹는 걸 선호한다. 문제는 혼자 밥을 먹는 데 익숙해지면, 함께 밥을 먹을 때 쉽게 피로감을 느끼게 된다는 점이다. '함께 밥 먹기'에 노출되지 않다 보니 이를 견뎌낼 면역력이 자연스레 떨어진다고 할까. 대놓고 말하면 편의점에서 홀로 늦은 저녁을 해결하는 시 속 화자와 노숙자처럼 세상과 어울리는 일에 점점 서툴러지는 것이다.

하지만 문제는 세상과 어울리는 일, 즉 사회생활이다. 누구나 알다시피 사회생활을 할 때 식사 시간은 밥만 먹는 시간이 아니다. 누군가와 함께 밥을 먹는 이상 회사 얘기, 남 얘기, 세상 돌아가는 얘기, 개인사를 식탁 위에 놓인 반찬처럼 곁들여야 한다. 매끄러운 점심 식사를 위해서는 멀티 플레이어 수준의 에너지가 필요하다. 늘 함께 먹는 한국의 식사 방식을 불편해하는 사람이

나쁜은 아니었는지, 요즘에는 회사 점심시간에 혼밥을 하는 사람이 늘었다고 한다. 점심시간만큼이라도 남의 눈치 안 보고 먹는 일에 집중하고 싶다나. 무엇보다 서로 시간 맞추느라 고민할 필요도 없고, 내 지갑 수준에 맞는 식대를 정할 수 있어서 여러모로 '먹기' 그 자체에 충실하게 되는 장점이 있다고 한다.

단체 중심에서 개인 중심으로 넘어가는 이러한 변화에 대해 분명 우려의 목소리도 존재한다. 1인 문화의 천국인 일본에서 《혼자 못 사는 것도 재주》라는 아이러니한 제목의 책을 낸 우치다 타츠루 교수는 요즘 시대에 혼자 먹기가 가능한 이유는 음식이나 물이 예전처럼 귀중하지 않으며, 공동체에 귀속하지 않고도 혼자서 살아갈 수 있기 때문이라고 설명한다. 저자가 '혼자 먹기'를 공동체의 부정으로 본다면, 사회학자들은 '혼자 먹기'를 공동체의 붕괴로 본다. 전자는 자발적 혼밥에서, 후자는 비자발적 혼밥에서 세상의 망할 징조를 읽어낸다.

이러한 우려에도 불구하고 혼밥을 하는 사람들이 늘어나는 건 타인과의 부대낌에서 오는 피로보다는 외로움이 주는 평화를 더 갈구하기 때문은 아닐까. 인간은 본래 외로운 존재이니 관계에 의존하기보다는 행위의 미학에서 또 다른 가치를 발견해야 한다는 다짐의 표현일 수도 있다. 그러니 우치다 타츠루 교수는 "우선 혼자서 맛없는 밥을 먹을 수 있고 가족이 서로를 불쾌하게 여겨도 생존할 수 있는 사회를 '인류 사상 예외적인 행복'이라 여기

고 웃는 얼굴로 마음껏 누리는 방향으로 마음을 바꾸는 편이 나
을 것이다. 그래야 밥도 맛있게 먹을 수 있겠고……."라고 말을
줄인다. 상황이 이렇다면 차라리 혼밥을 거부하기보다는 혼밥의
미학을 찾아내 거기서도 나름 즐거움을 누리려는 태도를 갖는 게
'밥맛' 살리는 길이 아니겠냐고 묻는 것이다.

"시간이나 사회에 상관없이 극심한 공복이 찾아왔을 때 잠시
동안 그는 자기 멋대로 되고, 자유로워진다. 누구에게도 방해받
지 않고, 먹고 싶은 것을 먹는 자신에게 주는 포상. 이 행위야말
로 현대인들에게 평등하게 주어진 최고의 치유 행위라고 할 수
있다". 일본 드라마 〈고독한 미식가〉에 나오는 오프닝 내레이션
이다.

음식을 맛보고 즐기는 방식은 사람마다 다른 법, 상황 따라 혼
밥할 수밖에 없는 처지가 있는 법이다. 그러니 다른 법칙을 허용
하지 않는 시선(시장)이야말로 걱정으로 가장한 폭력은 아닌지,
오히려 '식도락'을 먹고사는 '노동'으로 만들어버린 건 아닌지 따
져볼 일이다. 사회가 주는 눈칫밥만 없다면, 요리할 공간이 없어
집밥이 불가능하고, 돈이 없거나 혼자가 편해서 타인과 식사 약
속을 잡기 부담스러운 사람들 또한 편안한 마음으로 식당에 들어
가 자신에게 여유로운 한 끼를 선물해줄 수 있을 것이다.

그나마 다행인 건, 사람들은 생각 외로 타인에게 별 관심이 없

다는 사실이다. 다들 혼자 밥 먹는 사람 따윈 신경도 안 쓰는데 혼밥하는 사람끼리 서로를 더 의식하는 걸지도 모른다. 젓가락으로 면발을 휘휘 저어대는 노숙자를 흘깃흘깃 쳐다보다 그제야 조금 당당하게 컵라면에 뜨거운 물을 붓는 화자의 태도처럼 말이다. 그 의식은 아마도 나 같은 사람이 또 있다는 데서 오는 안도감 또는 연대감이겠지. 어쩌면 혼밥 문화의 또 다른 미학은 함께하고 싶으나 함께하기가 버거운 세상살이의 피곤 앞에서, 떨어져 있으나 같은 모습으로 밥을 먹고 있는 서로의 모습에 위안을 받는 데 있지 않을까. 먹으면서 서로 정이 든다는 가족처럼 어느새 많이 닮아 있는 혼밥족들은 '고독'이라는 냉기에 '함께'라는 온기를 부으며 새로운 겸상 문화를 만들고 있는지도 모른다. 비자발적 혼밥족과 자발적 혼밥족 모두 타인과 거리를 둔 채로 끼니를 때우지만, 그런 너와 나의 거리가 너와 나의 연결 고리인 셈이다.

#편의점에서_겸상은_평등하다 #혼밥은_낯선_이들과의_평화로운_연대 #대도시의_고독한_미식가 #혼자_밥_먹는_게_어때서

고지서의 힘

└ 박선옥

살아 있다는 것은 각종 공과금과 손잡는 일이다

쉴 틈의 간격이 없는 날짜와 날짜

지나간 한 달을 모아 둔 얇은 종잇장에 들어와 있으면

얼차려를 가다듬고 선 숫자병정들

한 달간의 중력을 버티면서 하루하루

주인 없는 날에도

타닥타닥 벽이며 천장을 거미손으로 지나갔을

저마다의 회한들

그러다 날이 지나면

일상을 깎고 부풀리는 미다스의 손에 의해

냉큼 버려지지도 않는 서랍 속 부황 뜬 얼굴이 된다

고지서 하나씩 껴안고 사는

그것은 활화산 한 채씩 지니고 사는 일

신문요금, 전기요금, 수도요금, 가스요금

오는 길은 나뉘어졌어도 같은 스텝을 밟고 와

한 달이라는 경계를

갈무리하는 무색 마그마의 분출

우유 한 병, 커피 한 잔, 따끈한 조간신문, TV 연속극

자력이 붙어 뗄 수 없는 일상의 용암들

부글부글 끓어

매달 활화산 한 채씩 스스로 녹이고 식힌다

고지서 한 장씩, 재로 담아 서랍 속을 또 비우고 채운다

살아 있다는 것은

ㄴ
공포의 고지서
개봉박두
ㄱ

    나이가 들면서 깨달은 건 숨만 쉬어도 돈이 나
간다는 사실이다. 엄마 배 속에서 '응애' 하고 나온 순간, 산부인
과 의사와 간호사들이 "축하합니다. 납세자로 태어나셨습니다."
라고 내게 미리 생의 의무를 알려줬으면 좋았을 텐데. 그랬다면
어린 나이에 재빨리 현실을 파악하고 납세자로서의 삶을 착실하
게 계획했을 게 아닌가.

    은둔형 외톨이로 살아간다 해도 고지서는 꼬박꼬박 날아온
다. 자동 이체 통장에 돈이 떨어지면 우편함에 미납 고지서가 쌓
인다. 연락하는 인간도 없는 마당에 '돈 내라'는 말로 내 생존 여
부를 확인해주는 고지서라니. 〈고지서의 힘〉에 나오는 시구처럼
"살아 있다는 것은 각종 공과금과 손잡는 일이다"라는 말이 뼈저

리게 느껴진다. 한 달만 연체되어도 핸드폰 요금, 인터넷 요금, 전기 요금, 수도 요금, 가스 요금 등의 숫자 병정들이 안 나오면 쳐들어간다면서 내 주위를 둘러싼다. "오는 길은 나뉘어졌어도 같은 스텝을 밟고 와/한 달이라는 경계를/갈무리하는 무색 마그마의 분출". 확실히 한 달을 매듭짓는 건 들어오는 월급이 아니라 빠져나갈 공과금이다.

고지서의 압박은 한 집에 대학생이란 존재가 등장하는 순간 물에 불은 종이처럼 더 무거워진다. 부모님이 학자금을 지원해주는 회사에 재직할 경우 대학 등록금은 그리 문제가 되지 않는다. 하지만 그렇지 않을 경우 학기마다 날아오는 등록금 고지서는 부모와 자녀에게 부채감을 안겨준다. 게다가 고향을 떠나 다른 지역에서 자취를 해야 한다면 월세와 생활비까지 충당해야 하니 부모의 한숨 소리가 깊어진다. 금수저가 아닌 다음에야 집 떠나온 자녀들도 부모에게 손 안 벌리고 제 몸뚱이는 스스로 먹여 살리겠다고 고군분투한다.

독립한 청년들은 생활비를 아끼려고 지출 항목부터 살핀다. 고정비인 월세를 제외하면 식비와 공과금이 제일 만만할 터. 그거라도 몇 푼 아껴보자고 극기 훈련에 돌입한다. 개별 난방이 되는 원룸에 살아봤다면 알겠지만 난방비 좀 아껴보겠다고 집에서 파카를 껴입고 이불까지 꽁꽁 싸매는 것은 예삿일이다. 오죽하면 라니노 제이라는 힙합 가수는 자신의 경험을 담아 '가스 고지서'라

096
097

는 노래까지 만들었을까. "성적표보다 무서워지는 고지서" "48만 5,000원 암만 봐도 지우고픈 0 하나, 겨울은 갔다지만 아직 내게는 봄 아냐". 살 떨리게 공감되는 생계 밀착형 가사다. 학창 시절 성적표가 자아냈던 자기 직면의 불안감은, 각종 공과금이 통보하는 생활의 무게에 비하면 전초전에 불과하다.

생활 공과금 외에 건강 보험료, 국민연금도 수입이 없을 때는 적지 않은 부담이다. 국민연금 공단에서 편지 한 통을 받았는데 지금까지 낸 국민연금이 수백만 원이 넘지만 수령 나이가 될 때까지 찾을 수가 없단 내용이었다. 통장에 돈이 바닥나고, 빚 때문에 쪼들리는 사람일지라도 나이가 안 되면 국민연금에 묶여 있는 돈은 그림의 떡이라는 얘기다. 국민연금 안내서를 받아들자마자 오쿠다 히데오의 소설 《남쪽으로 튀어》에 나오는 지로의 아버지를 소환하고 싶었다.

그는 연금 납부서를 놓고 가겠다는 아주머니에게 "웃기지 마. 그렇다면 왜 세금으로 징수하지 않지? 나중에 임의로 납부하게 하는 것 자체가 당신들 뒤가 구리다는 증거야."라고 받아친다. 그리고 일본 국민이기를 거부하려 자신의 고향 남쪽으로 간다. 세금도 내지 않고 공무원에게 할 말 다 하며 자신의 논리를 주장하는 지로 아버지의 행동은 제멋대로이긴 하지만 묘한 카타르시스마저 느껴진다. 지로의 아버지처럼 다 내던지고 산에라도 들어가 자연 친화적 자급자족의 삶을 살아야 하나. 마음은 굴뚝같지만 현실은 고지서에 박힌 숫자 하나에 벌벌 떨며 터덜터덜 무거운 마음으로 공과금을 납부하러 간다.

건강 보험료는 또 어떤가. 퇴사하고 나서 백수 상태일 때 지역 가입 건강 보험료를 낸 적이 있는데 당시 전·월세 보증금인 500만 원도 점수에 포함되는 걸 알고 등이 싸했던 경험이 있다. 공과금 부담을 줄이기 위해선 어서 빨리 취업하거나 4대 보험이 되는 아르바이트를 하는 게 최선이었다. 이러니 프리랜서로 일하는 사람들은 그 부담이 얼마나 클까. 고지서의 액수는 단순히 숫자의 나열이 아니라 그 사람의 납부 능력에 가깝다. 그리고 납부 능력은 곧 그 사람의 생존 능력과 직결된다는 점에서 공과금 찍힌 고지서는 어쩌면 우리들의 생존 증표와도 같다. 사람들은 매달 꼬리표처럼 딸려 오는 고지서에 찍힌 공과금을 내며 살아 있음을 확인하고, 이 사회에 발붙이고 살아가는 데 필요한 생존 능력을 잃지 않기 위해 다시 돈을 번다.

시인은 고지서가 주는 삶의 긴장감을 "활화산 한 채씩 지니고 사는 일"이라고 표현했다. 숫자 몇 개로 사람을 끊임없이 살아가게 하는 힘, 정신없이 움직이게 하는 힘, 군기 바짝 들게 하는 힘. 고지서의 무게를 실감하는 일은 날이 갈수록 더하다. 인간으로 사는 한 고지서라는 바위에 깃든 중력에서 벗어날 수 없다. 언덕의 꼭대기까지 바위를 밀어 올리면 바위가 다시 밑으로 굴러 떨어지고 그러면 그 바위를 다시 밀어 올려야만 하는 시지프스처럼, 사람들은 쉴 틈 없이 매달 날아오는 고지서를 역기처럼 들어 올려야 한다. 납세 고지서를 견뎌야 한다. 잘살기 위해 필요한 돈을 버는 건지, 공과금을 납부하기 위해 돈을 버는 건지, 공과금을 밀리지 않고 내는 능력이 곧 무사안일 잘사는 일이라는 착각에 빠져 우리는 매달 부담감을 덤으로 얻으며 끊임없이 움직인다. 우편함에 쌓인 고지서를 보며 인간이란 결국 활화산에 세 든 임차인에 불과하다는 생각이 드는 건 나뿐일까.

#고지서_폭발_직전_ㄷㄷㄷ #그래도_매달_살아_있다는_증거 #21세기_시지프스가_쉴_틈_없이_밀어_올려야_하는_것

숫자 몇 개로
사람을 끊임없이 살아가게 하는 힘,
정신없이 움직이게 하는 힘,
군기 바짝 들게 하는 힘.
인간으로 사는 한 고지서라는
바위에 깃든 중력에서 벗어날 수 없다.

삼겹살을 뒤집는다는 것은

ㄴ 원구식

오늘 밤도 혁명이 불가능하기에

우리는 삼삼오오 모여 삼겹살을 뒤집는다.

돼지기름이 튀고,

김치가 익어가고

소주가 한 순배 돌면

불콰한 얼굴들이 돼지처럼 꿰엑꿰엑 울분을 토한다.

삼겹살의 맛은 희한하게도 뒤집는 데 있다.

정반합이 삼겹으로 쌓인 모순의 고기를

젓가락으로 뒤집는 순간

쾌락은 어느새 머리로 가 사상이 되고

열정은 가슴으로 가 젖이 되며

비애는 배로 가 울분이 되는 것이다.

그러니까, 삼겹살을 뒤집는다는 것은

세상을 뒤집는다는 것이다.

모든 것이 살아 움직이는 이 불판 위에서

정지된 것은 아무것도 없다.

너무나 많은 양의

이물질을 흡수한 이 고기는 불의 변형이다!

경고하건대 부디 조심하여라.

혁명의 속살과도 같은 이 고기를 뒤집는 순간

우리는 어느새 입안 가득히

불의 성질을 지닌 입자들의 흐름을 맛보게 되는 것이다.

세상이 회까닥 뒤집혀버리는

도취의 순간을 맛보게 되는 것이다.

불판에서 뒤집어보는
인생의 판

삼겹살은 남녀노소 막론하고 한국인이 가장 즐겨 먹는 음식 중 하나다. 기름진 맛이 입안을 맴돌며 허한 배를 채우기엔 그만한 것이 없다. 대학생들은 주머니가 가벼우니 학교 앞 대패 삼겹살이나 무한리필 삼겹살집으로, 직장인들은 돌고 도는 회식 장소를 따라 회사 근처 삼겹살집으로 흘러들어 간다. 자리를 잡고 앉으면 머릿수대로 기름·쌈장 종지를 놓는다. 김치와 파 생채, 마늘, 쌈장과 고추장을 놓은 후 달궈진 불판에 삼겹살을 차례차례 올린다. 모두가 젓가락을 든 채 삼겹살이 익기만을 기다리고 있다. 삼겹살이 본격적으로 익기 시작하면 젓가락의 행보는 빨라진다. 손바닥에 상추를 올리고, 그 위에 깻잎 한 장 살포시 덮어준다. 노릇노릇 구워진 삼겹살 한 점에 기름

콕, 쌈장 콕, 마늘 척, 파 생채 착, 복스럽게 싸서 입에 들어간다. 입속에서 쌈이 절반 정도 사라질 즈음 차가운 소주를 잔에 따라, 입안을 적실 정도로 딱 한 모금만 들이켜면 단맛이 목젖을 후려 친다.

중후반 전에 들어서면 불판 한구석에 김치와 파 생채를 올린 다음 타지 않도록 볶아준다. 돼지기름에 볶은 김치와 파 생채는 달짝지근한 맛이 감도는데, 흰밥 한 숟갈에 요것만 올려놓고 먹어도 꿀꺽이다. 삼겹살 익어가는 칙칙 소리에 묵은지 같은 세상 불만을 함께 섞어버리고, 차가운 소주 한잔에 화를 삭인다. 삼겹 살처럼 겹겹이 쌓인 울분의 속내가 기름 같은 눈물을 흘리며 불판에서 지글거리는 걸 보면 또 그럭저럭 살 만한 힘이 생긴다. 오죽하면 어느 개그맨은 삼겹살을 한국인의 소울 푸드라고 칭하기까지 했겠는가.

어린 시절 내게도 삼겹살만 한 소울 푸드가 없었다. 거실에 신문지를 깔고 삼겹살을 구워 먹는 날은 목구멍이 포도청인 일상에 기름칠을 하는 날이었다. 생각해보면 성인이 된 지금보다 그때 더 자주 삼겹살을 구워 먹었던 것 같다. 택시기사였던 아빠는 직업의 특성상 거리의 매연과 진상 손님들의 불친절에 자주 노출될 수밖에 없었다. 목에 낀 먼지를 제거하는 데 삼겹살이 별 효과가 없다는 게 밝혀졌지만 어쨌든 당시 삼겹살은 우리 가족에게 영양

소적, 정서적 디톡스 푸드에 해당됐다. 준비할 재료도 많고 기름 때문에 설거짓거리도 많은 삼겹살 구워 먹기는 엄마에게 있어 남편의 건강을 위하는 마음이었을 거다. 짐작컨대 아빠에게도 삼겹살 굽기란 가족들이 즐겁게 쌈 싸 먹는 모습을 보며 바깥일의 스트레스를 일하는 보람으로 바꾸는 시간이었을 거라고 생각한다. 부모님 모두 먹여 살려야 할 부양가족이 있으니 호기롭게 생계의 판을 뒤집는 대신, 불판의 고기를 뒤집으며 마음을 다잡으셨겠지. 이제껏 쌓였던 육체의 피로와 마음의 독소가 신문지 위에 튄 삼겹살 기름처럼 밖으로 빠져나오면 가족 모두 생활의 불만을 미련 없이 구겨서 버릴 수 있었다.

　몇 해간 그렇게 불판의 고기를 뒤집다 보니 내 부모님뿐만 아니라 사람들이 왜 제가 거니는 판을 홧김에 뒤집어버리고 싶어 하는지 이해하는 나이가 되었다. '엿 같은 세상', '먹고는 살아야지', '먹는 게 남는 거지'라는 타협의 정반합이 삼겹살처럼 쌓여 퇴근길 불판에서 뒤집힌다. 시인의 말대로 많은 이들이 "혁명의 속살과도 같은 이 고기를 뒤집는 순간" "세상이 회까닥 뒤집혀버리는/도취의 순간을 맛보"며 살아간다. 취업 청탁을 욕하고, 전셋값을 욕하고, 이민에 관해 얘기하고, 다음 공무원 일정에 대해 정보를 주고받고, 결혼과 출산은 막막하고, 나 빼고 다 사이코인 직장 상사와 동료들을 욕하고, 정치를 욕하고. "내가 정말 이 나라 뜬다." "내가 정말 이 회사 때려치운다." 울분을 토하다 보면 뭔가 속이 좀 풀리는 것도 같고. 그렇게 뒤집고 싶은 인생의 판, 인생의 패를 불판에서나마 뒤집어본다. 하지만 삼겹살이 바닥날 때쯤이면 반들반들한 기름과 함께 마음에 쌓였던 현실의 이물질들이 배 속으로 쓱 미끄러져 들어간다. 그리고 이 혁명은 늘 같은 밥을 먹고사는 식구들과, 비슷한 처지의 친구들과, 비슷한 직급의 동료들이 모여 있는 구석에서 밥상이 살짝 들썩일 정도의 힘만 보여준 채 끝내 회의로만 그친다. 그럼에도 불구하고 이 찰나의 혁명은, 옷에 밴 삼겹살 냄새처럼 집에 가는 동안에도 쉽게 휘발되지 않는 카타르시스를 내 몸에 남긴다.

부끄럽지만 '뒤집기의 힘' 하니 내 생애 최초의 유학 사건이 떠오른다. 사회인도 아니고 취업 준비생이었을 때 "내가 정말 이 집 나간다"며 눈을 회까닥 뒤집은 적이 있다. 집 나가면 고생이라는 정반합의 논리를 뒤로한 채 내 앞의 판을 뒤집고 싶던 때였다. 대학 졸업 후 공무원 시험을 준비 중이던 오빠와 졸업 전 토익 점수를 따기 위해 공부하던 나는, 방이 모자라는 관계로 한 방에서 공부해야 했다.

당시 오빠도 미래에 대한 막막함이나 시험에 대한 압박감 때문에 스트레스가 이만저만이 아니었고, 나 또한 졸업 스트레스가 심했다. 예민한 두 사람이 옥신각신하다 결국 노트북이 바닥에 내동댕이쳐져 어댑터가 망가졌다. 순간 내 눈은 뒤집어졌고 처음 보는 남매간의 혈전에 집안도 한바탕 뒤집어졌다. 에휴, 왜 꼭 싸움은 비슷한 처지의 인간들끼리 하는지. 나는 곧장 여행 가방에 짐을 싸서 시내에 있는 외할아버지 댁으로 들어갔다. 내겐 혁명이라 할 수 있는 결단이었다.

솔직히 계속 집에서 공부하다간 목표했던 토익 점수가 마음속 회의로만 그칠 가능성이 높았다. 그때 외할아버지의 식성 덕에 밥상엔 늘 고기반찬이 올랐는데, 외할머니는 내게 늘 고봉밥을 퍼주면서 이렇게 말했다. "팍팍 퍼 먹어. 안 그러면 사람 몸도 곯는다. 몸이 곯으면 아무것도 못해." 그러니까, 판을 뒤집든 못 뒤집든 우선 잘 먹어야 뭐라도 할 수 있단 말씀이었다.

이따금 외할머니를 보면 천명관 작가의 소설 《고령화 가족》이 떠오른다. 전과 5범에 120kg 거구의 백수인 첫째 아들과, 영화 판에서 10년을 전전했지만 처참히 실패한 회생 불능 영화감독인 둘째 아들, 바람피우다 두 번째 결혼도 이혼으로 마무리한 채 여중생 딸을 데리고 온 막내딸, 몇십 년 만에 엄마의 집에 돌아온 세 남매에게 하루가 멀다고 고기를 구워주는 고령의 어머니가 서로 지지고 볶고 사는 모습을 그린 이야기. 이 소설에서 가장 인상 깊었던 장면은, "어쩐 일로 고기를 사 왔냐."는 첫째 아들의 물음에 엄마가 내놓은 현답이다. "사람은 어려울수록 잘 먹어야 된다". 그들은 배가 터지도록 삼겹살을 구워 먹으며, 서로에게 쌈을 싸주며 배고픈 자존감을 회복한다.

"모든 것이 살아 움직이는 이 불판 위에서/정지된 것은 아무 것도 없다". 삼겹살 노릇노릇 익어가는 불판만 있으면 인생의 박자를 놓친 '낙오된 자, 도태된 자, 소외된 자'도 분주하게 젓가락을 놀리고 상추의 물기를 털어내며 마음속 울분을 털어낸다. 잘 익은 삼겹살 한 점 집어넣은 쌈 한 주머니. 우걱우걱 가득 찬 쌈을 씹으며 세상 씹기를 잠시 멈추고, 사냥꾼들의 저녁 식사를 흉내 내며 오늘도 열심히 살았다고 스스로를 위로한다. 곧이어 곱게 싼 쌈 하나가 고기 굽느라 고생한 사람 입으로 들어간다. 싸주는 이나 받아먹는 이나 부끄럽지만 "이 맛에 산다. 이 맛에 버틴다"는 표정이 역력하다. 곧이어 소주잔이 부딪치니, 차가운 소주 한 방울이 나를 기죽이고 기운 빠지게 했던 생활의 바이러스를 차갑고도 화끈하게 소독하고 지나간다.

#삼겹살_뒤집듯_뒤집어보자_이노무_세상 #나에게_쌈_싸줄_이_누구인가? #소주_한_ 잔으로_이_생활_소독할_수_있다면

아홉 살
└ 임솔아

도시를 만드는

게임을 하고는 했다. 나무를 심고 호수를 만들고 빌딩을 세우고 도
로를 확장했다. 나의 시민들은

성실했다.

지루해지면

아이 하나를 집어 호수에

빠뜨렸다. 살려주세요, 외치는 아이가 얼마나 버티는지

구경했다. 살아나온 아이를 간혹은 살려두었고 다시 집어 간혹은
물에 빠뜨렸다. 아이를 아무리 죽여도 도시는 조용했다. 나는 빌딩에

불을

놓았다.

허리케인을 만들고 전염병을 퍼뜨리고 UFO를 소환해서 정갈한 도
로들을 쑥대밭으로 만들었다. 선량했던 시민들은 머리에 불이 붙은

채 비명을

지르며 뛰어다녔다. 내 도시 바깥으로 도망을 쳤다. 나는 도시를
벽으로 둘러쌌다. 그러나 모든 것을

태우지는 않았다.

나의 시민들이 다시 도시를 세울 수 있을 정도로만 나는 도시를
망가뜨렸다. 더 놀고 싶었기 때문에. 더 오래 게임을 하고 싶었으
니까. 나는 나의 시민들에게 미안하지

않다. 아무래도

미안하지가 않다.

약간의 사고와 불행은 나의 시민들을 더 성실하게 했다.

나는 당신들에게
도무지 미안하지가 않다

갑질에 관한 뉴스를 볼 때면 사람이 어찌 저럴 수 있나 화가 난다. 하지만 태어날 때부터 갑으로 살았다면 나라고 달랐을까? 말 한마디면 모든 사람이 내 명령에 따르는 환경에서 자랐다면 나 또한 신처럼 행세하는 폭군으로 성장하지 않았을까 싶은 생각이 든다. 공식적으로 신분제가 사라지고 자본이 절대 갑이 되어버린 이 사회에서 '왕'이나 '신' 행세를 할 수 있는 자는 실제 돈이나 권력을 가진 사람일 경우가 많다. 하지만 왕이나 신에 버금가는 금수저로 태어날 확률은 1%에 가깝다.

대신 우리는 약간의 돈을 들여 신이 될 수 있다. 그중 하나가 바로 게임이다. 초등학교 3학년 때 컴퓨터 수업 시간에 접한 도시 건설 시뮬레이션 게임 '심시티'는 그야말로 신세계였다. 내 손가락질 한 번에 도시의 모습이 뚝딱뚝딱 변하고 망가지는 게 신났다. "나무를 심고 호수를 만들고 빌딩을 세우고 도로를 확장했다". 그러고 나서 "허리케인을 만들고 전염병을 퍼뜨리고 UFO를 소환해서 정갈한 도로들을 쑥대밭으로 만들었다". 하지만 "모든 것을/태우지는 않았다./나의 시민들이 다시 도시를 세울 수 있을 정도로만 나는 도시를/망가뜨렸다".

불타든 무너지든 휩쓸어가든 이 모든 게 가상이기에 결과에 대한 책임을 지지 않아도 되고 무한대로 연습도 가능하니 이보다 더 좋은 건 없었다. 제대로 된 도시를 만들고 싶었으나 목표를 이루기가 쉽지 않으니 도시 건설과 도시 붕괴를 반복하다 말아먹은 도시 수가 대한민국 지자체 수에 버금갔다. 겨우 열 살에 그 게임을 접했던 나는 "더 놀고 싶었"고 "더 오래 게임을 하고 싶었"다. 그 게임을 할 때만큼은 폭군처럼 뭐든 내 뜻대로 하고 싶었다. 세계의 모든 걸 내가 통제하고 조작하는 전지전능의 쾌감을 느끼고 싶었달까. 이 모든 게 마우스만 있으면 가능했다.

물론 이제 와서 생각하면 실제로 '신'이라는 존재가 있고 그가 실은 분노 조절 장애에 가까운 폭군이어서 제 기분에 따라 마우스 클릭 한 번으로 인간에게 불행을 선사하고, 허리케인이나 지진과 같은 사고를 일으킨다면 그거야말로 재앙이다. 영화 〈이웃집에 신이 산다〉에 나오는 신이 바로 그런 분노 조절 장애자다. 괴짜이자 심술궂은 그는 심시티 속 유저처럼 비밀의 방에서 컴퓨터를 조작하며 인간 세상을 지배한다.

그에게 인간 세상 속 사람들은 어린아이가 재미로 꾹꾹 눌러 죽이는 개미들과 다름없다. 살아 움직이는 인간을 만난 적이 없으니까. 추측건대 신의 컴퓨터에 깔린 시뮬레이션 프로그램은 문명과 심시티를 반반씩 섞어놓은 게 아닐까. 하지만 이 영화에서 가장 인상 깊은 장면은 아빠의 심술궂음에 반발한 신의 딸 에아가 전 세계 인류에게 문자로 각자의 '사망일'을 통보함으로써 인간이 신의 구속에서 벗어날 수 있도록 하는 장면이다. 제멋대로였던 신은 누군가의 인생을 뜻대로 할 수 없다는 걸 비로소 알게 되고 죽을 날을 알게 된 사람들은 내일이 아닌 오늘에 초점을 맞추고 살아간다.

모든 인간은 언젠가 죽는다. 목숨 값도 하나다. 목숨도 하나이고 인생도 하나니까 매사에 심사숙고하는 건 당연하다. 그 사실이 인간의 몸뚱이를 무겁게 만들지만 오늘에 초점을 맞추고 열심히 살게 하는 힘도 된다.

그런 관점에서 보면 심시티는 고정불변의 인생 값을 리셋 가능한 무엇으로 손쉽게 바꾸어버린다. 사는 일이나 죽는 일에 심사숙고하는 인간의 행위를 허무하게 만들어버린다. 플레이어가 죽어도 언제든 처음부터 다시 시작할 수 있으니 게임에서 죽고 사는 문제는 현실만큼 큰 의미를 갖지 못한다. 심시티는 운석,

지진, 좀비 등으로 재난을 일으켜 사람들을 괴롭히거나 도시를 파괴해서 황금 열쇠라는 자본을 얻게 한다. 그리고 그 자본으로 다시 도시를 건설하고 확장할 기반을 마련하는 구조를 갖고 있는데, 황금 열쇠 하나를 수천 명의 목숨과 맞바꾸는 셈이다. 모든 일에 심사숙고하는 인간이자 동시에 수천 명의 목숨 값을 우습게 여기는 게임 유저라니. 이 아이러니를 뭘로 설명할 수 있을까.

유저 입장에서 볼 때 게임이란 가상 세계는 노력만 하면 내 의지만큼 성장할 수 있는 곳이다. 여분의 목숨을 가지고 반복적으로 미션을 수행할 수 있으니 실력이 느는 건 당연하다. 또 한 만큼 점수가 쌓이니 노력에 대한 보상도 확실하다. 플레이어의 세계관이나 추구하는 비전에 따라 캐릭터의 역할을 정하고 그것을 게임 세계에 반영할 수도 있다. 매 순간이 실전이고 한 가지 선택이 인생에 지대한 영향을 끼치는 현실에 비하면 게임 속 가상 세계는 그런 위험 부담이 훨씬 적다. 잘못된 선택을 하면 얼마든지 그 선택을 하지 않았던, 혹은 아무것도 없던 초기 상태로 되돌리면 그뿐이다. 유저의 손에서 손쉽게 되돌려지는 인생이라, 현실에서도 때에 따라 인생을 리셋할 수 있다면 얼마나 좋을까. 하지만 말했다시피 현실에선 목숨 값이 하나이니 순간순간 어떤 선택을 하느냐가 중요할 터. 방향을 되돌릴 수도, 선택을 무를 수도 없다. 환경을 바꾸는 건 무리수, 다시 태어나는 건 그림의 떡. 잘못했다간 하나 남은 목숨 값마저 위험하다. 그래서 사람들은 제멋대로 하고 싶은 마음 때문이든, 목숨 값에 대한 갈증 때문이든, 그마저도 잃을지 모른다는 두려움 때문이든, 그 하나뿐인 목숨을 더 잘 지키려는 마음으로 연습하는 것이든, 더 맹목적으로 심시티를 한다. 더 노골적으로 수천 명의 목숨을 좌지우지하고 더 공격적으로 한 사회를 부쉈다가 다시 세운다.

신나게 제멋대로 세상을, 목숨 값을 쥐락펴락하던 심시티의 유저에서 빠져나온 나는 다시 인간 세계의 한 구성원으로 돌아간다. 목숨 값이 하나인 세상으로, 누군가가 쥐락펴락하는, 약간의 사고와 불행이 기다리는 세상 속으로. 성실한 시민과 폭군형 게임 유저 사이를 줄타기하는 나는, 인생을 리셋할 수 없다면 게임이나 리셋하자는 마음으로 오늘도 열심히 빌딩을 세우고 부수기를 반복한다.

#우리_현실에도_리셋_버튼이_있다면 #나는_나의_시민들에게_아무래도_미안하지가_않다 #지금_깔아보렴_심시티 #다시_만든_세계_나만_살고_싶어

목숨도 하나이고 인생도 하나니까
매사에 심사숙고하는 건 당연하다.
그 사실이 인간의 몸뚱이를 무겁게 만들지만
오늘에 초점을 맞추고
열심히 살게 하는 힘도 된다.

소년들을 위한 충고

└ 최금진

질풍로또의 시기를 피시방에서 컵라면으로 때우는 소년들아

너희도 어른이 되면

치킨이나 피자를 사들고 귀가하는 가장처럼 로또를 사고

지방이 잔뜩 끼어가는

늙은 간처럼 통증도 없이 그렇게 삶을 버텨라

아침마다 거울에 비치는 뚱뚱하고도 비겁한 웃음을 사랑하며

아무 일도 일어나지 않는 주말엔

야구장이나 볼링장에 가지 말고

서둘러 잠을 챙겨 캄캄한 침대를 타고 길몽이나 찾아 떠나라

질풍로또의 시기를

한밤의 도로에서 오토바이로 무단횡단하는 소년들아

너희도 취직을 하고, 결혼을 하고, 아이를 낳고

어느날 늙어가는 것 외에 더는 진보하지 않는 세월을 만나거든

온힘을 다해 로또를 배우거라

나이 든 노인들 앞에서 겸손히 배우지 말고

보수주의자가 되어버린 동무들과 몰래 배우거라

저녁에 퇴근하면 네 처에게 키스를 하고

이혼서류처럼 오늘의 희망을 천천히 낭독해주고

신문에도 안 나오는 오합지졸 가족들을 데리고

한번 가면 다시 못 올 것 같았던 그 먼 꿈속을 또 여행해도 좋다

깨진 병조각으로 손바닥에 성공선을 새기거나

비닐봉지에 본드를 짜서 망각을 흡입하라는 얘기가 아니다

커터칼과 드라이버밖에 없는 네 미니홈피에

겸손을 가르쳐주려는 것도 아니다

지갑 속에 넣어둔 일주일치 로또를 쓰다듬어보는 것은

세계 평화를 위해서도 좋은 일

매번 지는 게임을 또 저질러보듯

폭삭폭삭 늙어가는 자신을 달래는 건 비겁한 일이 아니다

너희도 어른이 되면 당당하게 술을 마실 수 있지만

질풍은 사그라지고, 로또만 남은 사내처럼

겸연쩍게 돌아앉아 손을 가리고 번호를 찍으며

잊지 마라, 바람 속을 헤치고 걸어갈 때, 품 안에 든 로또

군고구마처럼 온 식구가 둘러앉아 까먹어보는 달고 맛있는 로또

그것은 꿈이 아니면 현실이겠으나

사람은 누구나 낮에 쓰고 다니던 좋은 꿈만을

머리맡에 고이 접어두고 잠드는 것이 아니겠느냐

검은색 사인펜으로 하는
6/45칸 색칠공부

　

운칠기삼運七技三이란 말이 있다. 운이 7이고, 노력이 3이란 옛 어른의 말씀. 학생 때만 하더라도 '노력은 배신하지 않는다'가 인생의 진리라고 믿었는데 왜 시간이 지날수록, 사람의 인생은 태어날 때부터 최소 30%가 결정된 거라는 생각이 들까. 아무리 노력해도 결국 운이 따라줘야 한다는 노인네 같은 말에 분하지만, 고개를 끄덕이게 된다. 물론 3에 해당하는 노력이라도 하는 것이 내가 할 수 있는 최선이긴 하지만, 치솟는 전셋값을 보면 노력해도 안 되는 게 있단 사실에 맥이 탁 풀린다. 월세 내고 살다 보면 내 돈은 안 모이고 집주인 돈만 잘 늘어나는 현실을 여실히 깨닫게 된다. "가진 자는 더 받아 넉넉해지고, 가진 것이 없는 자는 가진 것마저 빼앗길 것이다."라는 마태복음의 말씀이 이 세상의 진리인 줄 이제야 알았다니.

회사원 시절, 퇴근 시간만 되면 동네 지하철역 앞에 있는 복권방은 사람들로 바글바글했다. 고향에서는 볼 수 없던 광경이었다. "어느날 늙어가는 것 외에 더는 진보하지 않는 세월을 만나거든/온힘을 다해 로또를 배우거라"라는 시구처럼 죽어라 일해도 월세를 내고 나면 더는 진보하지 않는 서울 생활이었다. 타지생활 몇 개월 만에 내가 깨달은 건 이 생활을 벗어나는 데 로또 외엔 별다른 방법이 없다는 거였다. 그때부터 나는 온 힘을 다해 그 행렬에 적극적으로 동참했다.

얼마 안 있어 연금 복권이 나오자 나는 20년간 매달 500만 원씩 준다는 연금 복권에 소소하게나마, 그러나 성실하게 돈과 마음을 쏟아부었다. 편의점에서 매주 한 장씩 연금 복권을 사고 나면, 매일같이 하고 싶은 거 다 하고 사는 나를 상상하며 흥에 겨웠다. 하지만 연금 복권은 희망 고문처럼 1,000원씩 당첨됐고 난 당첨된 복권을 다음 회차 연금 복권과 맞바꿨다. 처음으로 복권을 맞바꾸지 않고 새 복권을 산 날, 새 복권은 내게 '꽝'을 안겨줬다. 턱걸이 등수 아니면 꽝이라니.

그렇다 하더라도 한동안 성실하게 복권을 샀다. 현재가 힘든 사람에게 복권은 '인생 역전'을 가져다주는 유일한 희망이자, 동아줄이 아닌가. 문제는 그런 기회가 누구에게나 주어지지 않는다는 점이다. 해외에 있는 한 대학에서 연구한 결과에 따르면 하루에 3번 번개에 직격당하고 지나가는 트럭에 치인 다음 지나가던 방울뱀에 물려도 죽지 않을 확률이 로또에 당첨될 확률이라고 하니 (이 정도면 차라리 죽는 게 쉽지 않나?) 그런 운을 타고난 사람이 세상에 몇이나 될까.

회사를 그만두고 고향에 내려와서는 당첨돼도 본전인 1,000원은커녕 말도 못할 불운들이 파도처럼 몰아쳤다. 건강은 고향에 내려오기 전에 이미 최악의 상태였고, 겨우 모은 돈도 순식간에 날렸다. 그래서 정말 아무것도 없는 빈털터리가 됐다. 솔직히 그 불운들을 겪으면서도 나는 끝까지 복권을 포기하지 못했다. 성당에 다니던 나는 하느님이 이러한 고통을 주신 이유가 내게 큰 거 '한 방'을 주시기 위해서라고 믿었다. 그래서 로또에 이어 연금 복권에 이어 즉석 복권까지 손을 댔다. 믿고 있던 '한 방'은 도대체 언제 오는 걸까. 이건 뭔가 잘못된 거라고, 이건 말이 안 되지 않느냐고 그런 말대꾸가 마음에서 용솟음쳤지만 '믿는 자에게 복이 있나니'라는 심정으로 다시 한 번 인생 역전의 희망을 품었다.

내 지인도 매주 5,000원씩 꼬박꼬박 로또를 산다. 지인의 직장 동료는 그 돈으로 펀드를 하라고 권하지만 지인의 셈법은 다르다. 자기 동료는 펀드를 해서 한순간에 30만 원을 날렸는데 자기는 로또를 사는 데 한 달에 2만 원, 1년이면 총 24만 원이 든단다. 24만 원으로 1년의 기대를 살 수 있고 등수에만 들면 본전도

뽑으니 오히려 펀드보다 남는 장사가 아니냐면서. 그래서 지인은 중국집 배달원이 로또 1등에 당첨됐다는 유명 복권방에 가서 매주 근면 성실하게 로또를 산다. 그 시각 나는, 매일 500원짜리 즉석 복권을 사는 게 유일한 낙이라던 취업 준비생이 2억에 당첨됐다는 얘기에 자극받아 오늘도 긁는다. 바깥에서 받은 스트레스를 만회하기 위해 복권을 긁는다.

윤성희의 《감기》에 수록된 단편 소설 〈구멍〉에는 매주 토요일마다 빠짐없이 복권을 사는 아버지가 나온다. 하나 있는 자식이 라디오 사연 공모로 얻어낸 동남아 여행권. 결혼 생활 40년 만에 자식 덕에 해외로 놀러 간 아버지는 여행을 가느라 처음으로 복권을 사지 못한다. 그런데 그 주의 복권 당첨 번호가 늘 찍어왔던 번호, 삶의 사연을 담고 있는 번호였다.

이토록 냉정한 운의 교환 법칙이라니. 아마 아버지는 매주 빠짐없이 로또를 사면서 바랐을지 모른다. 로또 복권 용지에 그려진 구멍을 검은색 사인펜으로 채워 넣으며, 제 삶의 구멍이 채워지기를. '복권 당첨'을 통해 제 삶의 가치, 삶의 의미를 인정받을 수 있기를.

우리는 "매번 지는 게임을 또 저질러보듯" 복권을 산다. 복권 용지에 인생의 패를 던진다. 이번 생에 내게 허락된 패, 내게 주어진 패. 이게 끝은 아닐 거라며 제 삶의 행운 번호를 복권 용지에 패처럼 던지지만 금고 문은 쉽게 열리지 않는다. 아직 때가 아니라는 듯. 오늘도 밑져야 본전이란 생각으로 당첨을 위한 기도문을 외우는데 질풍노도와 질풍로또 사이, 점 하나 차이가 이승과 극락처럼 왜 이리 멀게만 느껴지는지. 현실의 나는 "질풍은 사그라지고, 로또만 남은 사내처럼" 오늘도 복권을 품에 안고, 그렇게 삶을 버틴다.

#온_힘을_다해_로또를_배워보자 #이번주에도_던져본다_인생의_패 #희망_고문에_속아_이_짓만_몇_년째 #인간은_또_그렇게_같은_실수를_반복하고

믿고 있던 '한 방'은 도대체 언제 오는 걸까.
이건 뭔가 잘못된 거라고, 말대꾸가 마음에서 용솟음쳤지만
'믿는 자에게 복이 있나니'라는 심정으로
다시 한 번 인생 역전의 희망을 품었다.

동쪽 창에서 서쪽 창까지

ㄴ 최정례

여자는 빨래를 넌다

삶아 빨았지만 그다지 하얗지가 않다

이런 식으로 살기를 선택한 것은 바로 너야

햇빛이 동쪽 창에서 서쪽 창으로 옮겨가고 있다

여자는 서쪽으로 옮겨 널어야겠다고 생각한다

이런 식으로 살기를 선택한 것은 바로 너야

그러나 이런 식으로 살게 될 줄은 몰랐지

서쪽 창의 햇빛도 곧 빠져나갈 것이다

오래전에 잃어버린 봄이 있었다

어떤 시는 오래 공들여도 거기서 거기다

억울한 생각이 드는데 화를 낼 수도 없다

어쨌든 네가 입게 된 옷이야

벗어버릴 수는 없잖아 예의를 지켜

얼어붙었던 것들은 녹으면서

엉겨 매달렸던 것들을 놓아버린다

놓아버려야 하는 것들을 붙잡고

이렇게 될 수밖에 없었기 때문에

이렇게 된 거지

이따위 말을 하는 것이 무슨 소용인가

형이 다니는 피아노교습학원 차를

타고 싶어서 쫓아갔다가 동생이

피아니스트가 되었다는 얘기

그가 라디오에 나와 연주하고 있다

전에 살던 집에서는 멀리 산이 보였었는데

이 집은 창에 가득 잿빛 아파트뿐이다

전에는 아니었는데 지금은 이렇게 된 것

우연은 간곡한 필연인가

우연이 길에서 헤매는 중인데 필연이 터치를 했겠지

그래서 여기에 이르렀겠지

잃어버린 봄, 최초로 길을 잃고 울며 서 있었던 것은

여섯살 때인 것 같다

피아노의 한 음이 이전 음을 누르며 튀어오른다

우연과 필연이 서로 꼬리를 치며 꼬드기고 있다

문득 서쪽 창으로 맞은편 건물의 그림자가 들어선다

퇴근하는 지친 몸통처럼 어둡다

내 선택에 대한
예의

"너는 퇴근하면 집에 가서 뭐하냐?" "할 게 얼마나 많은데요. 빨래해야지, 바닥 쓸어야지, 설거지해야지, 분리수거해야지, 쓰레기 내놔야지, 할 게 가득합니다." 독립하고 나서야 어머니가 가정 살림 꾸리느라 얼마나 힘드셨을지 이해가 됐다. 정말이지 전업주부의 가사 노동 가치는 높게 책정되어야 한다. 뭉쳐 굴러다니는 먼지들을 바라보며 그간 무심했던 '살림'이란 단어에 대해 곰곰이 생각해본다. '살리다.' 먹고 자는 것 말고도 살아가는 데 얼마나 많은 노력이 필요한가. 1인 가구의 살림은 묵은 때를 쓸고 닦아 청결한 환경을 유지하는 일에 집중되어 있다. 오늘 묻은 때가 묵은 때가 되지 않도록 자신의 터를 관리하는 게 나를 살리는 길과도 연결된다.

특히나 신경 쓰고 오래 공들여야 하는 살림은 빨래다. 설거지도, 먼지 청소도, 분리수거도, 쓰레기 버리기도 나만 부지런하면 후딱 해치울 수 있다. 하지만 빨래는 내 의지와 상관없이 세탁기가 돌아가는 일정한 시간이 필요하다. 그뿐 아니라 꺼내고 나서도 말리고 걷고 개는 일련의 단계가 필요하다. 그래서 씻고 잠자기 바쁜 평일보다는 상대적으로 시간 여유가 있는 주말에 세탁기를 돌린다. 한 주의 피로를 주말에 몰아서 털어내는 우리의 몸뚱이처럼 옷도 주말에 피로를 씻어낸다.

원룸텔에서 살았을 땐 공용 세탁기를 사용했는데 주말에 세탁기를 사용하는 사람이 많아서 평일 오후에 세탁기를 돌려야 했다. 가끔 공용 세탁기에 주인을 잃은 팬티가 널브러져 있거나, 빨래 건조대에 널어놓은 내 옷이 없어지는 경우도 있었다. 다행히 CCTV가 있어서 "내일 중으로 돌려놓으세요. 안 그러면 CCTV 돌립니다."라는 경고문을 붙여놓으면 다음 날 사라졌던 내 옷이 원래 자리로 돌아왔다. 명품도 아니고 디자인도 구린 누군가 내 옷을 훔쳐가리라곤 생각도 못했다. 그저 공용 건조대에 널어놓은 제 옷을 걷어가다가 실수로 내 옷까지 가져간 것이겠지. 옷이 섞일 수 있다는 단점만 빼면, 난 원룸에 있는 개별 세탁기보다 공용 세탁실의 장점이 더 많다고 본다. 원룸에서 세탁한 옷들을 말리다 보면 여름엔 습기 때문에 옷에 퀴퀴한 냄새가 배고, 다닥다닥 붙은 건물 구조 때문에 햇볕이 잘 드는 곳을 찾기도 힘들었으니까. 무엇보다 가족들의 옷가지가 마구 섞인 빨랫감을 보다가 오직 내 옷뿐인 빨랫감을 볼 때의 헛헛함이 컸다. '아, 이제 내 옷은 다른 이의 옷과 껴안을 일이 없구나.' 아는 이 없는 서울에서 외로움이 사무쳤다.

공용 빨래 건조대에 널어놓은 가지각색 옷들을 볼 때마다 한 건물에 사는 젊은이들이 유사 가족처럼 느껴졌다. 새 하얀 유니폼을 보며 이 사람은 요리사구나, 저 사람은 화장품 매장에서 일하는구나, 핸드폰 매장에서 일하는구나, 추측할 수 있었다. 아마 진짜 새 옷이나 아끼는 옷은 세탁소에 맡겨놓고 드라이클리닝을 하겠지. 여기에 널어놓은 옷들은 아마 그들과 가장 오랜 시간을 함께 보내는 작업복일 것이다. 이 옷들은 세탁해도 세제 CF에 나오는 옷들처럼 새하얘질 수가 없다. 자주 입을수록 때가 타고, 빨면 빨수록 금방 해지니까.

나는 정장 입고 일하는 직업과는 기질적으로 맞지 않았고, 운 좋게 자유로운 옷차림이 허용되는 직업을 잠깐 얻은 적도 있었다. 그렇다 하더라도 그 옷이 내가 평생 입어야 할 옷인지에 대해서는 불만과 의문이 교차했다. 언론·방송 계통이 좋아서 신문방송·광고홍보를 전공하고 그 계통의 일자리가 많은 서울에 방을 얻었지만 "우리 학벌로는 케이블 방송국도 힘들어."라는 동기의 직언대로 좁은 취업문, 서울의 높은 월세, 생각과는 다른 업무, 향수병 등 겁 없이 이 옷을 욕심낸 자가 견뎌야 할 고질병을 겪었다.

"오래 공들여도 거기서 거기다/억울한 생각이 드는데 화를 낼 수도 없다"는 시구처럼 노력해도 나아지는 것보다 감당하기 어려운 고됨을 맞닥뜨릴 때 억울한 마음이 들었지만 무작정 때려치우거나 화를 낼 수 없었다. 그렇다고 흘러온 시간을 거꾸로 되감을 수도 없었다. 내가 선택한 일이니까. 옷을 빨면 전보다 깨끗해질 수는 있지만, 옷을 사기 전으로 되돌릴 수는 없는 게 현실 아닌가. 이 와중에 햇빛은 다른 창으로 옮겨간다. 허겁지겁 햇볕이 드는 창으로 빨래 건조대를 옮긴다. 구차하다 싶은 순간에 누군가 말한다. "이런 식으로 살기를 선택한 것은 바로 너야". 섬유유연제에 담긴 옷처럼 그 말을 유순하게 받아친다. "그러나 이런 식으로 살게 될 줄은 몰랐지". 다 마른 옷들을 건조대에서 걷은 다음 바닥에 내팽개친다. "어쨌든 네가 입게 된 옷이야/벗어버릴 수는 없잖아 예의를 지켜". 마음을 고쳐먹고 옷을 하나하나 매만지며 각을 잡아준다. 양말은 돌돌 말아 잠을 재우고, 옷들은 옷걸이에 앉아 쉬게 하고, 수건은 착착 쌓아 서로 하이파이브 하게 하고, 베개와 이불에 붙은 진드기 같은 어제를 털어낸다.

어느새 또 일주일이 지나고 데자뷔의 한 장면처럼 세탁기가 허겁지겁 물을 빨아들인다. 통에 들어간 옷들은 엉키며 춤을 춘

다. 1시간 이상 지속되는 트위스트. 녹초가 된 옷들에서 물 한 방울 안 나올 때까지 세탁기는 그들을 쥐어짠다. 돌아가는 회전문에 옷들의 물기가 튕겨 나간다. 세탁기가 돌아가는 동안 우리 옷에 붙었던 때들이 물에 불어 녹는다. 비록 내일이면 또 똑같은 때가 엉겨 붙겠지만, 그래서 삶아 빨아도 그다지 하얘지지가 않겠지만 우리는 그런데도 불구하고 성실하고 규칙적으로 빨래를 하며 내일을 준비한다.

"얼어붙었던 것들은 녹으면서/엉겨 매달렸던 것들을 놓아버린다". 놓아버려야 하는 것들을 붙잡지 않기 위해, 놓아버려야 하는 것들을 놓아버리기 위해 우리는 세탁기에 옷을 털어 넣는다. 그렇게 어제의 때를 놓아버린 옷들은 건조대에 다닥다닥 붙어서 옷 주인의 해묵은 레퍼토리를 햇볕에 멸균시킨다. 우리와 가장 오랜 시간을 함께한 옷들을 빨고, 말리고, 곱게 개는 빨래의 과정은 일상을 유지하기 위해 공들여야 할 의례이자, 급변하지 않는 우리의 위치를 재확인하는 거울이다. 변신은 쉽지 않지만 깨끗하고 부드러워진 옷을 제 몸에 입히는 것만으로도, 우리는 다시 출발할 힘을 얻는다. 햇볕 냄새 그득한 이불에 몸을 묻으면서, 섬유 유연제 냄새 그득한 옷에 몸을 밀어 넣으면서.

#오늘_묻은_때가_묵은_때가_안_되길 #공용_빨래_건조대에서_하는_통성명 #이_옷들은_더_하얘지긴_글렀어

비록 내일이면
또 똑같은 때가
엉겨 붙겠지만,
그래서 삶아 빨아도
그다지 하얘지지가 않겠지만

우리는 그런데도 불구하고
성실하고 규칙적으로
빨래를 하며
내일을 준비한다.

3

달아나도
결국은
여기가
내 자리

일주일에 두 번 술 마시는 사람들

ㄴ 박찬일

무생물로 돌아가기는 쉬운 일
무생물에서 돌아오기는 불가능한 일
무생물로 돌아가는 척하는 사람들
일주일에 두 번 술 마시는 사람들
생물로 살아가기는 두려운 일
무생물로 살아가는 것은 두려운 일

'디오니소스적' 만으로 살기도 두려운 일
일주일에 두 번 술 마시는 사람들

술을 마시지 않는 사람들
생물로 살까 무생물로 살까
두려워하지 않는 사람들
술을 마시지 않는 사람들이 많다

술을 마시지 않는 사람들이 측은하다

술을 마시는 사람들이 측은하다

측은하지 않은 사람들이 드물다

제대로 사는 사람들이 드물다

제대로 사는 사람들

1,300원짜리 마취약에 기대어

나도 그런 때가 있었다. 일주일에 두 번 술을 마시던 때가. 직장 생활을 하던 시절, 금·토요일 저녁이면 캔 막걸리 한잔에 닭꼬치를 뜯어 먹는 게 낙이었다. 배경 음악은 무조건 인디 밴드 보드카 레인의 '심야식당'.

허기와 일에 치여 지쳐 있던 내게 "이럴 땐 정말 특별하게 맛있는 걸 원해"라는 가사가 얼마나 쏙 박히던지. 타향살이에 모자라기만 한 밥벌이로 서러워지려 할 때 '심야식당'은 맛있는 음식으로라도 이 순간을 보상받고 싶은 마음에 제대로 불을 지폈다. 가사에 나오는 차가운 맥주 대신 시원한 막걸리 한 캔이 그땐 왜 그렇게 맛있었는지. 불타는 금요일에 쏟아붓는 고열량의 술과 안주. 생활비를 아끼던 시절 2,000원 정도만 지불하면 이런 소소한 행복을 누릴 수 있으니, 가성비 훌륭한 위로였다.

사실 난 처음부터 술을 즐겨 마시는 사람은 아니었다. 대학에 다닐 땐 아웃사이더 기질 때문에 술 마실 일이 없었다. 당시 교수님이 "서로가 흐트러지고 무너진 모습을 봐야 격이 없어진다." "술에 취해 친구에게 업혀 가봐야 청춘이지."라며 이제 막 성인이 된 아이들에게 술맛에 담긴 인생론을 펼칠 때만 해도 꼭 그런 식의 경험이 필요한지 의문이 들었다. 그때 술 마시던 이들을 떠올려보면 거창한 이유가 있다기보다 그저 제 주량도 모르지만 사람들과 섞여야 한다는 의무감은 앞서고, 젊음을 술 마신 후의 회복 속도로 확인해보려는 치기도 들끓었던 것 같다. 무엇보다 넘치는 에너지를 무엇으로 소진해야 할지 알지 못해서가 아니었을까.

술맛을 조금씩 알기 시작한 건 휴학을 하고 아르바이트를 했을 때다. 당시 일하던 곳에서 점심 때 반주로 막걸리를 마셨는데, 처음엔 일하는 중에 무슨 술인가 싶다가 나중에는 막걸리 맛에 푹 빠져 종종 주말에도 사다가 혼자 마셨다. 당시는 전공 관련 직종에서 경력을 쌓겠다고 왕복 4시간이 넘는 거리를 통근하던 때였다. 평일에는 새벽 6시 반에 집에서 나와 저녁 9시가 다 되어 집에 도착했으니 토요일이면 막걸리통 바닥에 쌓인 침전물처럼 온몸의 기운이 가라앉았다. 살짝 흔든 막걸리를 한 모금 시원하게 들이켜고 나서야 평일에 쌓인 노곤함이 사라졌다. 마지막 학기 등록금은 내가 내겠다고 부모님께 약속했고, 졸업하기 전에 이력서에 쓸 경력 한 줄은 만들어놔야겠고······. 이 희한한 마취약에 취하면 한 주간의 긴장감도, 취업에 대한 걱정도 흔들어 마시면 그뿐이라는 망상 어린 낙관과 함께 사라졌다.

직장 생활을 시작하자 가끔 한잔 한잔 마시던 횟수가 조금씩 늘기 시작했다. 월급을 받아도 생활비가 빠듯하니 저렴한 술 외에는 마땅한 기분 전환거리가 없었다. 이 계통의 노동 강도에 적응하느라, 첫 자취 생활에 적응하느라 퇴근하고 나면 친구 만날 힘도 여유도 없었다. 인턴 급여로는 주말마다 친구를 만나 술집에서 술 한잔 마시는 일도 사치였다. 유독 많이 처지는 날엔 퇴근길에 막걸리 한 캔을 사다 방에서 홀로 마셨다. 회사 일이 거지 같아서, 외로움을 잊기 위해서, 한잔 마시면 걱정 없이 푹 잠들 수 있을 것 같아서. 마시면 복잡하고 무겁게 날 짓누르던 일들이 한순간 가벼워지니까. 그냥 그렇게 마셨다.

학교든 뭐든 날 보호하던 울타리가 사라지고 사회에 나와 모든 것을 내 힘으로 해결해야 하는 순간을 맞닥뜨렸을 때 이 시에 나오는 구절처럼 점차 "생물로 살아가기"가 두려웠다. 생물로 살 수 있을까 싶었다. 술에 취해 미치지 않고는 이성의 무게를 견딜 수 없어서, 내 힘으로 할 수 있는 게 별로 없다는 것을 매순간 깨달아야 할 때 술을 찾는 시기가 내게도 왔다. 술자리 말고는 내 감정을 표출할 출구를 찾지 못하던 때였다. 한 직장 선배는 그런 내게 "넌 평상시랑 술 마셨을 때가 완전히 다르더라. 회사 올 때 그냥 술 먹고 와."라는 농담을 던지기도 했다. 평상시에 로봇처럼 감정을 숨기던 인간이 술만 먹으면 속 애기를 쏟아놓고 살가운 표현을 해댔으니 그런 소리를 들을 만도 했을 터. 심리적으로나 육체적으로나 지쳐 있어서 '제대로 사는' 시기가 아니었을 때 술은 내게 감정을 쏟아낼 해방구 같은 존재였다.

술로 스트레스를 풀고, 술을 해방구이자 도피처로 삼는 사람이 어디 나쁠까. 비슷한 이유겠지만 술을 마시면 괴로움도, 외로움도 잊을 수 있고 빠른 시간 안에 기분을 끌어 올릴 수 있는데 누가 마다하겠나. 오히려 이럴 땐 체질적으로 술을 못 마시는 사람들을 안타깝게 여길 정도다. 사는 게 버거울수록 자주 입에 술을 대는 사람들. 술 안 마시는 사람은 비주류, 술 마시는 사람이 주류로 받아들여지는 사회. 생물로 사는 게 버거워 잠시나마 무생물로 돌아가려는 사람들이 일탈을 감행한다. 벗어날 수 없는 현실이라면 차라리 술로 자신을 마취시켜 버린다.

독립해서 살 때 내 원룸 옆방에 살던 여자는 주말 밤만 되면 창문에 대고 "씨발" "개새끼"를 외쳐댔다. 복도를 지날 때면 열린 문틈 사이로 박스에 쌓인 소주병이 보였다. 방음이 안 되는 벽 사이로는 술병 구르는 소리가 들렸다. 난 옆방 여자가 창문을 열고 욕설을 질러댈 때면 "또 취했구나. 쯧쯧." 하다가도 갑자기 조용해지기라도 하면 뭔 일이 난 건 아닐까 내심 불안했다. 한번은 이 여자가 엄마에게 신세 한탄하는 통화 내용을 듣게 되었는데, 타향살이의 버거움이 쉽사리 해소되지 않는 그 상황에 동병상련을 느꼈다.

분위기에 취해서든 일이 고단해서든 외로워서든 술을 고주망태로 마시고 주워 담을 수 없는 말들을 쏟아내는 사람들을 보면 민망하다가도 오죽할까 싶은 마음이 든다. 한 잔 두 잔, 들이붓는 술에 자신을 지배했던 이성이 잠들고 봉인 해제가 시작되면 취기를 핑계 삼아 낯부끄러운 말에 진심을 쏟아내니까. 서러움, 답답함, 나한테만 불공평한 것 같은 세상에 대한 분노, 자괴감……. 생물로 살아가기를 결심한 순간 마음에 꾹꾹 눌러 담아 왔던 온갖 감정들이 뒤섞여 튀어나온다.

건강 상태가 바닥을 치고 그마저 다니던 직장까지 그만둔 서른 살의 설날. 백수가 되어 고향 집에 내려간 나는 고량주와 맥주와 양주를 죽이 되도록 퍼마셨다. 욕지거리든 화든 부끄러운 말을 쏟아내는 대신 자학을 선택한 나는 죽도록 마신 날부터 일주일을 꼼짝 않고 앓아누워 있어야 했다. 난 뭘 그리 잊고 싶었던 걸까. 뭐가 그렇게 억울했을까. 오랜만에 비싼 술을 얻어 마신다는 핑계로 어떤 두려움으로부터 나를 피난 보내고 싶었던 걸까.

"'디오니소스적' 만으로 살기도 두려운 일"이란 시구처럼 누구나 남의 눈치 안 보고 자기가 원하는 대로 살고 싶은 욕망이 있다.

자신을 놔버리고 마음껏 방치해도, 삽질해도 복구가 가능한 삶. 아니면 좀비처럼 어떤 의무도 없는 삶. 그런데 그렇게 사는 일도 마음처럼 쉽지 않다. 그렇게 살다간 사회적 무생물로 못 박혀 영원히 생물로 돌아오지 못할 테니까. 사회에서 영영 무생물 취급을 받으며 살면 어쩌나 하는 두려움, 현실을 놓으면 뒷일이 걱정이기에 사람들은 일주일에 두 번이나 술을 마시며, 뇌 없는 무생물로 돌아가는 척하며 한숨을 돌린다.

먹고살기 위해서, 성공하기 위해서, 어른이 되기 위해서 속상한 일이 있어도 참고 아무 일도 없었던 것처럼 웃으며 남들 앞에 나선다. 심장 없는 무생물처럼 감정을 박제시킨다. 하지만 그러려고 술을 마셨다가 정작 도달하는 감정 상태는 오히려 무생물이 아닌 찌르면 튀어 오르는 '살아 있는' 생물에 가깝다. 참아내고 있음을, 참아냄의 갑갑함을 알고 있다고 재차 확인하는 것처럼. 생존을 위한 무감정이 지속되면 무생물에서 생물로 돌아오기는 불가능하다. 술이 깨면 모두 감정 없는 무생물로 돌아가는 척하지만, 술 한 모금에 억눌러왔던 생물 본능이 꿈틀댄다. 울기도, 웃기도, 화내기도 하는 천의 얼굴을 하고서.

#진심_봉인_해제_딸꾹 #죽도록_마시고_죽어라_살아보자 #술값만큼은_인상하지_않기를_바라며

본색을 들키다

ㄴ 한혜영

화학비료로 키운 비트루트˚는

굵은 소금을 뿌려보면 대번에 안다

붉은 물이 빠지면 가짜다

굵은 소금 한 주먹에게

나도 본색을 들킨 적이 있다

사랑이 가짜라는 사실에

당황, 붉은 물

뚝뚝 흘리며 달아난 적이 있다

자신까지도 깜빡 속이던

색의 정체를 다 알아버린 인생이라면

너무 재미없지 않나?

행복한 한때라고

단단히 믿는 그대여 조심하시라

사방이 염전이다

색채가 없는 내가
순례를 떠난 해

자고로 소크라테스는 '너 자신을 알라'고 말했
다지만, 죽기 전까지 진짜 자신과 직면하는 사람이 몇이나 될까
싶다. 자신의 몰랐던 면모를 발견하는 데는 여러 가지 방법이 있
는데, 그중 가장 쉬운 방법이 위기의 상황에 처했을 때다. 궁지
에 몰리면 사람은 전혀 예상하지 못했던 상식 밖의 '나'가 튀어나
온다. 그래서 사람은 그 상황에 대처하는 자신의 모습이 실망스
러울 가능성이 크다면 최대한 직면하지 않은 채 살고 싶어 한다.
사람마다 직면해야 할 문제의 크기나 깊이가 천차만별이라고 하
는데, 특히 태어날 때부터 육체적·정신적으로 무거운 짐을 진 사
람들은 다른 이들보다 수십 배나 견고하고 높은 세상의 벽들을
깨부수며 살아야 한다. 말만 들어도 고달프다. 그래서 나는 직

면, 직면 타령하며 매사 문제를 직면해야 그것이 해결된다고 외쳐대는 책들에 피로감을 느낀다. 모든 사람이 투사로 태어난 것도 아닌데 투사로 살아가기를 강요하는 느낌이랄까. 마치 매우 명확하고 굳건한 하나의 삶의 방식대로만 살아야 할 것 같은 강박을 느끼게 한다.

말했지만 사람은 위기 상황에서 자신의 본색을 발견하게 될 때 기뻐하기보다는 실망하는 경우가 잦다. "내가 이 정도밖에 안 되는 인간이었나."를 읊조리면서 바닥에 엎드려 우는 상황에 처했을 때 제 발밑의 바탕색을 발견하게 된다. 내가 절절하게 내 본색을 들켰던 순간은 직면하는 대신 내가 어딘가에서 달아나거나 도피하거나 뛰쳐나가는 순간이었다. 그리고 그 도망의 이유를 곰곰이 따져보는 게 그 당시의 유약한 내가 유일하게 할 수 있는 직면의 방식이었다.

'나름 열심히 살았는데 왜 이러고 있는 거야. 방 값 때문에 미치겠다. 이 월급으로 서울 생활하면 몸도 마음도 병드는 건 시간 문제지. 연봉을 높여야 해. 그러려면 한 직장에 오래 머물러서 진급을 해야 하는데, 이 서툰 성격으로 오랫동안 버틸 수 있을까.' 계약직 연장을 포기하고, 고향으로 내려가기 직전의 내 심정이었다. 솔직히 말하자면 할 수 있는 한 정규직이 갖추어야 하는 의무감이나 처세술에서 해방된 인간으로 살고 싶었다. 더 밑바닥까지 가볼까. 난 직장 생활에 대한 두려움을 비정규직이라는 옷으로 감추고 있었다. 정규직으로 살아남기 위해 업무 능력 외에 갖추어야 할 온갖 사회생활 스킬에 회의적이라고 하면서. 나는 그보다 자유롭고 떳떳하게 살겠다고 합리화하면서. 동정표도 받고 내 두려움도 감추고. 만만한 가족을 탓하며 같잖은 핑계 코스프레를 벌이고 있는 중이었다.

까놓고 말하면 나는 도주 중이었다. 백수 잉여 중 한 명인 나는 "남겨지는 것보다 먼저 도망치는 쪽이 낫다. 행선지 같은 건 알게 뭐냐. 어쨌든 도망쳐라. 어디까지든."이라는 《도주론》의 저자 아사다 아키라의 말처럼 살고 싶었다. 아사다 아키라는 이 책에서 인간을 두 형태로 분류한다. 편집증적 인간인 파라노이아 형과 분열증적 인간인 스키조프레니아 형으로. 전자는 자본주의 사회에 최적화된, 더 많이 축적하고 더 안정적으로 살기 위해 한 방향으로 '정주定住하는 인간'이고 스키조는 말도 안 되는 방향으로 튀어나가는 인간이다. 어느 것에도 중심을 두지 않고 무슨 일이 있으면 도망친다. 축적을 지향하는 가치에서 벗어나 언제든 새로운 곳으로 도망치는 것, 가진 것을 모두 버리고 자유롭게 행복을 찾아 떠나는 것. 말하자면 스키조를 지향하는 것이 더 의미 있다고 스스로 위안하면서도 그럴싸한 도주의 이유를 찾고 있었는지도 모른다.

비정규직을 노마드 족이라 포장하는 것처럼, 말만 그럴 듯한 스키조라. 하지만 아무리 합리화해도 그 이유가 두려움마저 감춰주진 않았다. '평생 사회나 가족 공동체에서 배척당하는 고독인이 되면 어쩌지?' '현실적으로 돈에 얽매이지 않는 삶이 가능한가? 더군다나 돈이 가치 기준의 절대 우위를 차지하는 이 자본주의 소비 사회에서?' 가벼움을 지향하면서도 주머니가 가벼워지자 금세 다른 본색이 드러나기 시작했다. 궁핍이란 굵은소금을 한 번 맞자 나는 다시 도망갈 궁리를 하기 시작했다.

"사실 돈만 있다면 스키조든 뭐든 그게 뭐가 중요한가". 이런 정신머리로 살다가 무기력 상태에 빠지니, 모든 욕망에서 벗어나고 싶다는 생각이 들었다. 어려서부터 수도자의 삶을 선망하긴 했지만 커가면서 그 마음과 멀어졌다. 하지만 20대 후반에 이르러 할 수만 있다면 모든 욕망을 거세하고 싶은 충동이 마구 샘솟았다. 곧바로 수녀원 입회를 알아봤고 모임도 나가고 1년 정도 면담도 했다. 그런데 면담을 하는 동안 내가 나만의 기질을 잘라버리고 위장하려 한다는 생각에서 벗어날 수 없었다. 조직 생활을 싫어하는 내가, 절실한 믿음도 없는 내가 수녀가 되겠다고? 안정적이고 평온한 삶을 살고 싶어서 나 자신을 또 속이고 있는 꼴이었다. 내 속내를 들은 친구들도 "넌 안 될 것 같아." "그건 아닌 것 같아."라고 얘기했다. 붉은 물 빠지는 걸 나도 알았지만 그때는 어떤 결정도 유예한 채로 멈춰 있고 싶었다. 자격과 시기를 떠나 이 모든 게 결정이 아닌 도피라는 걸 나 자신도 알고 있었다.

결국 난 또다시 수녀원이 아닌 다른 길로 도망치기를 택했다. 그 대가로 이번엔 수년 전보다 더 자포자기한 상태로 글을 적어 내려가고 있지만. 굵은소금 한 주먹에, 본색을 들켰고 진정 내 본색이 글로 밥이라도 얻어먹으며 살 수 있는 팔자인지 확인해야 하는 상황에 몰렸다. 정말이지 교차점을 찾고 싶었다. 정주 속에서 도주의 길을, '기민하게 수시로' 탈주를 계속하면서도 정주의 길을 달려가고 싶었다. 어차피 도주해봤자 저승 아닌 이승이겠지만, 그래도 어딘가를 향해 달린다는 건 아직 세상을 포기하거나 체념하지 않았다는 증거 아닌가? 달아난다는 건 살아 있음의 반증 아닌가.

무라카미 하루키의 소설 《색채가 없는 다자키 쓰쿠루와 그가 순례를 떠난 해》는 내가 나 자신의 색이라 여기는 그 색이 실은 러시아 인형 마트로시카의 일부일 뿐이라는 것을 일러줬다. 주인공인 쓰쿠루의 이름에는 특정 색을 지칭하는 글자가 들어간 네 친구 아카赤(빨간색), 아오靑(청색), 시로白(흰색), 구로黑(검정색)와 달리, '만들다作'라는 뜻이 담겨 있다. 친구들에게 절교를 당하고 색채가 없는 텅 빈 상태로 살아온 쓰쿠루는 순례의 해를 통해 자신이 왜 친구들로부터 절교를 당했는지 찾아가 묻는다. 친구들은 모두 옛날의 색을 잃거나, 예상치 못한 색을 입거나, 희미해진 색을 띠고 살아간다. 색채를 찾기 위해 순례를 떠난 다자키 쓰쿠루의 색 또한 끝내 어떤 색 하나로 귀결되지 못한다. 본색 없음.

"색의 정체를 다 알아버린 인생이라면/너무 재미없지 않"냐는 시인의 말대로 자신의 본색을 찾기 위한 쓰쿠루의 순례도 나의 순례도 계속될 것이다. 행복한 한때라고 단단히 믿는 때에는 그 시기대로 즐기고, 내 색이 가짜임을 깨달았을 때는 그 시기대로 달릴 곳을 찾아야만 한다. 세월의 거품이, 청춘의 거품이 꺼지는 순간에도 많은 이들은 원래 입은 색을 토해내고 계속해서 제 몸에 색을 덧칠하며 출구를 찾는다. 분명 그 색에는 살아남기 위한 보호색도 있을 것이고 튀기 위한 경계색도 있을 것이다. 정체성을 정주에서 찾든 탈주에서 찾든 우리는 사방이 염전인 곳에서 본색을 들키며 살아간다. '색즉시공色卽示空 공즉시색空卽示色'이니, 흑역사도 백역사도 모두 나라는 인간의 본색 중 하나라고 여길 수밖에.

#이_서툰_성격으로_오래_버틸_수_있을까 #그대여_조심하시라_사방이_염전이다 #본색을_찾는_순례는_계속된다

흰 바람벽이 있어

ㄴ 백석

오늘 저녁 이 좁다란 방의 흰 바람벽에

어쩐지 쓸쓸한 것만이 오고 간다

이 흰 바람벽에

희미한 십오촉十五燭 전등이 지치운 불빛을 내어던지고

때글은 다 낡은 무명샤쯔가 어두운 그림자를 쉬이고

그리고 또 달디단 따끈한 감주나 한잔 먹고 싶다고 생각하는 내

가지가지 외로운 생각이 헤매인다

그런데 이것은 또 어인 일인가

이 흰 바람벽에

내 가난한 늙은 어머니가 있다

내 가난한 늙은 어머니가

이렇게 시퍼러둥둥하니 추운 날인데 차디찬 물에 손은 담그고

무이며 배추를 씻고 있다

또 내 사랑하는 사람이 있다

내 사랑하는 어여쁜 사람이

어늬 먼 앞대 조용한 개포가의 나즈막한 집에서

그의 지아비와 마조 앉어 대구국을 끓여놓고 저녁을 먹는다

벌써 어린것도 생겨서 옆에 끼고 저녁을 먹는다

그런데 또 이즈막하야 어느 사이엔가

이 흰 바람벽엔

내 쓸쓸한 얼골을 쳐다보며

이러한 글자들이 지나간다

　— 나는 이 세상에서 가난하고 외롭고 높고 쓸쓸하니 살어가

　도록 태어났다

　　그리고 이 세상을 살어가는데

　　내 가슴은 너무도 많이 뜨거운 것으로 호젓한 것으로 사랑

　으로 슬픔으로 가득 찬다

그리고 이번에는 나를 위로하는 듯이 나를 울력하는 듯이

눈질을 하며 주먹질을 하며 이런 글자들이 지나간다

　— 하눌이 이 세상을 내일 적에 그가 가장 귀해하고 사랑하는

　것들은 모두

　　가난하고 외롭고 높고 쓸쓸하니 그리고 언제나 넘치는 사랑

　과 슬픔 속에 살도록 만드신 것이다

　　초생달과 바구지꽃과 짝새와 당나귀가 그러하듯이

　　그리고 또 '프랑시쓰 쨈'과 도연명陶淵明과 '라이넬 마리아 릴

　케'가 그러하듯이

백수의 흰 바람벽에
오고 가는 것들

눈뜨면 막막한 내일의 연속. 달라지지 않는 내일 때문에 막막한 건지 그런 내일이 연속되기 때문에 막막한 건지 아님 둘 다인 건지. 그런 기분이 들 때는 등 굽은 새우처럼 침대에 누워 무심히 벽만 바라본다. 은둔형 외톨이가 따로 없다. 아무것도 하기 싫어 누웠건만 곧 가지가지 외로운 생각이 흰 벽에 쏟아진다. 아무것도 없는 그 벽에 내 어두운 그림자가 어른거린다. 먹고 싶은 음식이 떠오르고, 고생하는 부모님이 스쳐간다. 곧 이 모든 결핍에서 도망친 어여쁜 사람이 행복한 가정을 꾸리고 사는 모습이 이어진다.

번듯한 직업도, 착실히 쌓아놓은 통장 잔고도, 결혼을 약속한 사람도 없는 21세기 백석은 흰 바람벽 속, 착실히 앞가림을 하는 사람과 비교된다. 죄송하고 부럽고 작아진 마음으로 벽을 보고 있는 얼굴에 어느새 쓸쓸함이 지나간다. 코가 시큰해진다. 바깥 바람 피해 방에 들어왔으나, 흰 벽에도 현실의 바람이 새어 들어오니 벽에 등을 돌려도 마음은 쉽게 돌아서지 않는다.

그는 일정 없는 달력처럼 공백만 가득한 제 방의 흰 바람벽을 벗어나, 이른 아침부터 영화관으로 향한다. 어두운 동굴로 들어가자 정면에 흰 바람벽이 펼쳐진다. 자신의 방을 벗어날 수 있는 2시간의 러닝 타임. 흰 바람벽의 주인공들이 자신을 대신해 살고, 싸우고, 이기고, 아프고, 먹고, 웃고, 사랑한다. 그 속에는 그가 결코 살아보지 못한 경험과 감정들이 장르에 복종하며, 장르에 반항하며 숨을 쉬고 있다.

딱딱하고 얇은 벽 속에서 이상하게도 사람의 숨소리가 난다. 숨 냄새가 난다. 숨이 만들어낸 바람이 쪼그라든 마음에 넘치는 사랑과 슬픔을 불어넣는다. "내 가슴은 너무도 많이 뜨거운 것으로 호젓한 것으로" 가득 차 팽팽해진다. 그러나 어떤 영화는 외면하고 싶은 일들을 오히려 목격하게 만든다. 잊으려고 들어왔던 공간에서조차 "가난하고 외롭고 높고 쓸쓸"한 이들의 삶이 몰아치는 건 슬픔의 물집을 부풀려, 내 안의 슬픔을 터뜨리기 위해서겠지.

영화가 건넨 고민의 무게, 슬픔의 저릿함이 부담스러웠는지 이미 몇몇 관객은 엔딩 크레딧이 오르기도 전에 황급히 영화관을 빠져나간다. 2시간의 잠수 동안 그들은 바깥의 차가운 바람을 새삼스레 그리워한다. 오늘 택한 흰 바람벽엔 그가 체험할 수 없는 한기가 가득 차 있다. 그 한기에서 빠져나오자 도리어 세상의 바람이 따뜻하게 느껴진다. 거리를 거니는 사람들의 숨들이 빨갛게 상기된 그의 피부를 식혀준다. 영화가 끝나고 돌아가는 길, 두 발은 거리를 걷고 있지만 그의 가슴은 아직도 영화가 준 감전에서 빠져나오지 못한 듯, 한동안 흰 바람벽의 카메오처럼 영화 속 세계를 거닌다.

　백수였던 나는 한동안 21세기 백석처럼 세상의 벽과 직면하기 싫어 흰 바람벽만 바라보고 살았다. 도서관에서 DVD를 빌려 밤새도록 영화를 보곤 했다. 잠이 안 오니 무언가는 해야겠고 무엇을 하며 살아야 할지 답이 안 나와서 허구한 날 스크린 속 세상만 쳐다보며 살았다. 영화를 보는 일은 현실의 문제를 잊고 다른 세상으로 도피할 수 있는 방법 중 하나였다.

　회사에 다니기 시작해서도 퇴근하고 나서 참 많은 영화를 봤다. 잊기 위해서가 아니라 채우기 위해서였다. 늘 똑같은 하루에 단 2시간이라도 다른 세계의 공기를 쐬고 싶었다. 영화 한 편에 8,000원이니, 돈이 궁했던 나는 무료 시사회 이벤트나 한국 영상 자료원에서 하는 기획전을 찾아다녔다. 개봉한 지 3~4년이 지난 영화들이나 무료 고전 영화들을 다운받아 보면서 경험의 갈증을 달랬다.

　도전 의식이 없어서 이렇다 할 기억의 매듭도 존재하지 않는 나에게 영화 속 세계는 추억의 지점을 만들어주는 매체였다. 그 추억 또한 가상일 뿐이지만 취사선택한 가상을 통해 내가 갈망하는 것과 내가 추구하는 세계관이 무엇인지 조금씩 찾아 나갈 수 있었다. 나의 감성은 메말라 있었고 나는 가진 것이 없어 채우지 못한 현실의 바람벽을 영화라는 색으로 채우고 싶었다. 그랬기에 《죽기 전에 꼭 봐야 할 영화 1001편》을 다 보는 것만으로도 할 일이 차고 넘쳤다.

　좁은 방에 혼자 사는 자취생이 아름다운 풍경 사진, 좋아하는 연예인 포스터, 가족사진을 벽에 붙여 숨통을 틔우는 것처럼, 누군가와 함께 있는 기분을 느끼려 하는 것처럼 내겐 영화가 그러한 수단이었다. 이곳을 벗어나도 갈 곳이 없을 때, 선택의 자유가 없어서 이곳에 머무르는 방법밖에 없을 때 영화는 감옥에 뚫린 창문과도 같았다. 그 작은 창문을 통해서 다채로운 삶의 풍경을 구경할 수 있었다.

　그 감옥에서 조금이라도 벗어나기 위해 흰 바람벽에 욕망하는 것들을 투사하며, 경험하지 않은 상처와 환희를 간접 소비했다. 영화를 통해 나라는 사람이 평생을 살아도 경험하지 못할 사건들을 데이터처럼 축적했다. 그러나 영화 상영이 끝나면 나는 덩그러니 남겨진 한 명의 구경꾼일 뿐. 영화 역시 불이 켜지면 아무

것도 없는 흰 바람벽으로 돌아갈 뿐이다. 그럴 때면 예기치 못한 공허함이 몰려온다.

희미한 전등이 하나씩 불빛을 내던지면 그제야 함께 영화를 보던 사람들이 하나둘씩 얼굴을 드러낸다. 뿔뿔이 흩어졌던 사람들이 같은 시간에, 같은 공간에서, 같은 영화를 보기 위해 이렇게 모였다는 사실이 놀라울 따름이다. 2시간 동안 같은 감정의 롤러코스터를 체험한 사람들. 종종걸음으로 상영관을 빠져나가는 관객들의 뒷모습에서 저 사람과 내가 좋아하는 목록이 얼마나 일치할지 상상해본다.

백석이 초생달과 바구지꽃과 짝새와 당나귀를 귀하게 여기고 '프랑시쓰 쨈'과 '도연명陶淵明'과 '라이넬 마리아 릴케'를 사랑했듯이. 영화엔 우리가 사랑하기 때문에 우리를 아프게 하고, 끌어당긴 것들이 얼마나 들어 있을까. 21세기 백석들이 흰 바람벽 앞에서 내뱉은 숨결들. 그 숨결들이 앞선 공허함을 울력하는 듯 메우기 시작한다.

#도서관에_처박힌_21세기_백석 #아니_사실은_백수 #바람벽에_쏟아지던_인생_영화들 #슬픔의_물집이_톡_하고_터지다

한동안 21세기 백석처럼 세상의 벽과 직면하기 싫어
흰 바람벽만 바라보고 살았다.
잠이 안 오니 무언가는 해야겠고 무엇을 하며 살아야 할지
답이 안 나와서 허구한 날 스크린 속 세상만 쳐다보며 살았다.
영화 보기는 현실의 문제를 잊고
다른 세상으로 도피할 수 있는 방법 중 하나였다.

별똥 떨어진 데

└ 윤동주

밤이다.

하늘은 푸르다 못해 농회색濃灰色으로 캄캄하나 별들만은 또렷또렷 빛난다. 침침한 어둠뿐만 아니라 오삭오삭 춥다. 이 육중한 기류 가운데 자조하는 한 젊은이가 있다. 그를 나라고 불러두자.

나는 이 어둠에서 배태胚胎되고 이 어둠에서 생장하여서 아직도 이 어둠 속에 그대로 생존하나 보다. 이제 내가 갈 곳이 어딘지 몰라 허우적거리는 것이다. 하기는 나는 세기의 초점인 듯 초췌하다. 얼핏 생각하기에는 내 바닥을 반듯이 받들어 주는 것도 없고 그렇다고 내 머리를 갑박이 내려누르는 아무것도 없는 듯하다마는 내 막은 그렇지도 않다. 나는 도무지 자유스럽지 못하다. 다만 나는 없는 듯 있는 하루살이처럼 허공에 부유하는 한 점에 지나지 않는다. 이것이 하루살이처럼 경쾌하다면 마침 다행할 것인데 그렇지를 못하구나!

이 점의 대칭위치에 또 다른 밝음明의 초점이 도사리고 있는 듯 생각된다. 덥석 움키었으면 잡힐 듯도 하다.

마는 그것을 휘잡기에는 나 자신이 둔질鈍質이라는 것보다 오히려 내 마음에 아무런 준비도 배포치 못한 것이 아니냐. 그리고 보니 행복이란 별스런 손님을 불러들이기에도 또 다른 한 가닥 구실을 치르지 않으면 안 될까 보다.

(중략)

이것이 생생한 관념세계에만 머무른다면 애석한 일이다. 어둠 속에 깜박깜박 졸며 다닥다닥 나란히 한 초가들이 아름다운 시의 화사華詞가 될 수 있다는 것은 벌써 지나간 제너레이션의 이야기요, 오늘에 있어서는 다만 말 못하는 비극의 배경이다.

(중략)

어디로 가야 하느냐 동이 어디냐 서가 어디냐 남이 어디냐 아차! 저 별이 번쩍 흐른다. 별똥 떨어진 데가 내가 갈 곳인가 보다. 하면 별똥아! 꼭 떨어져야 할 곳에 떨어져야 한다.

벼락과 함께
별똥이 떨어지다

　　2년 전, 파밍 사기를 당하고 힘든 시기를 겪었다. 정말이지 내가 피해자 신분으로 경찰서를 드나들 날이 올 줄은 꿈에도 몰랐다. 담당 수사관 앞에서 피해자 진술을 하는 동안에도, 이 모든 게 진짜 현실인지 어안이 벙벙했다. 수사관은 은행이 보내준 IP 내역을 보니 돈이 인출된 IP가 모두 중국 IP라고 일러줬다. 그때만 해도 인출 지연 제도도 없고, 은행 측에서도 한국 IP가 아닌 중국 IP에서 수차례 돈을 빼가는 경우 자동적으로 거래를 정지하는 보안 시스템이 구축되어 있지 않았다. 파밍 사이트에서 유출된 개인 정보로 공인인증서가 재발급되었으니, 모든 법적 책임은 나에게 있었다. 아무것도 보상받을 수 없다는 현실에 화가 났고, 한순간의 실수로 여기까지 온 내가 병신처럼 느껴졌다. 기운이 없어서 한동안 방에서 멍 때린 채 누워 있었다. 저녁이 되면 그간 눈길도 주지 않던 하늘을 올려다보며 한숨을 내쉬었다.

캄캄한 밤하늘에 또렷또렷 빛나는 별들. 그 아래에 자조하는 한 젊은이는 분명 내 얼굴을 하고 있겠지. 전세를 알아본다고 미리 계좌에 넣어놓은 돈을 그렇게 날리다니 이제 내가 갈 곳이 어디인지 답이 나오지 않았다. 당시 나는 전세 보증금을 마련하기 위해 미련할 정도로 돈을 아꼈고 나 자신에게 인색했다. 서울살이하는 동안 내 목표는 하루빨리 월세에서 벗어나 전세로 가는 것이었다. 조급했고 쫓겼고 그러면서도 모든 걸 내려놓고 싶은 마음이 내 안에서 늘 요동쳤다. 그러다가 한 방에 날린 것이다. 참으로 신기한 것은 사기를 당해 수천만 원을 날렸을 때 마치 겨드랑이에 날개가 달린 것만 같은 가벼움을 느꼈다는 점이다. 불안감에 시달렸지만 어떤 상쾌함이 마음 한구석에 공존했다.

미친 소리 같겠지만 별을 바라볼 때 느끼는 감정이 그것과 유사했다. 넋 놓고 하늘을 올려다보고 있으면 허무함과 가벼움이 두더지처럼 번갈아 튀어 올랐다. 별을 보는 일은 무력감에 빠진 내게 적잖이 위로가 되었다. 광대한 우주에서 나란 존재는 미세 먼지에 가까울 것이니, 내가 지금 겪고 있는 경험들은 우주의 만겁의 시간에 비하면 별것 아니겠지. 무엇보다 내가 지금 겪고 있는 시간이 "오늘에 있어서는 다만 말 못하는 비극의 배경"일지 몰라도 언젠가는 "벌써 지나간 제너레이션의 이야기"에 불과할 것이 분명해. 분노와 공포가 벅차올라 뭘 어쩔 수 없을 때, 별을 올려다 보며 이런 생각을 하곤 했다. 그렇게, 한동안은 나를 위로했다.

그러나 나도 인간인지라 가끔은 내리누를 수 없는 분노가 다시금 솟구쳤다. 그나마 모아놓은 돈으로 뭘 좀 해보려고 했는데 이젠 아무것도 없구나. 내 바닥을 받들어주는 그 어떤 것도 이젠 남아 있지 않구나. 나름 근면 성실하고 검소하게 살아왔다고 생각했는데 왜 이것마저 가져가버리는지 화가 났다. 그간 아끼고 고생한 것들은 모두 똥이 되어버렸구나. 이런 사기를 쳐서 호의호식하는 인간들을 생각하면 당장이라도 찾아가서 죽여버리고 싶은데. 차라리 돈이나 펑펑 쓰면서 이런 일을 당했다면 억울하지나 않지. 공인인증서 제도는 왜 만든 거야. 왜 우리나라 은행은 보안이 이따위야. 이, 바보, 천치야. 별을 보다가 하늘을 향해 영화 〈해바라기〉 속 김래원이 한 대사를 외치고 싶었다. "꼭 그렇게 다 가져가야만 속이 후련했냐. 이 XX새끼들아."

희망이란 게 다 사라진 기분이었다. 어른들은 그런 나에게 "인생 공부했다고 쳐." "차라리 이렇게 된 게 다행인지도 몰라. 안 그랬으면 너 돈에 대한 집착 절대 못 깰 거다."라고 조언했지만 답답한 가슴은 여전했다. 병원에서는 과호흡 증후군인 것 같으니 우선 운동으로 스트레스를 해결해보라고 권유했다. 운동과 별개로 호스피스 강의도 들으러 다녔다. 만약 내가 내일 죽거나 시한부 환자라 죽음을 코앞에 두고 있는 상황이라면, 최근 내게 일어난 일이 나를 무너뜨릴 만큼 대단한 일일까. 하루 세 편씩 노트에 시를 필사하면서 마음을 다잡기도 했다. "내가 갈 곳이 어딘지 몰라 허우적거리는" 와중에 살기 위해 윤동주 시인의 〈별똥 떨어진 데〉를 옮겨 적었다. "행복이란 별스런 손님"이 내게 와줄까 기다리고 견디며 시에 의지해 버렸다. 그러면서 무엇보다 이 한 번의 일로 나라는 사람을 '실패자'로 규정짓지 말자고 다짐했다. 다만 사람은 언제든 실수도, 실패도 할 수 있으니 이번 기회에 다시 일어나는 법을 배우면 된다고 나 자신을 설득했다.

초췌한 세기의 초점인 내가 조금만 생각의 방향을 돌리면 밝음의 초점을 잡을 수 있으리라 믿었다. 아니 믿어야 했다. 버텨내려면. 이런 생각에 다다르기 위해 결국 사기 사건이라는 한 가닥 구실을 치른 것인가. 온갖 이론으로 나를 지탱하려 했지만 확실한 건 꽤 오랜 시간이 지나서야 조금이나마 그 후유증에서 자유로워졌다는 사실이다. 경험이 깃들지 않은 이론과 교육과 상담은 오히려 긍정에 대한 강박만 줄 뿐이었다. 빨리 떨쳐내야 하나. 일어서야 하나. 괜찮은 척해야 하나. 모든 게 다 시간이 흘러야만 해결되는 문제였다는 사실을, 이제야 좀 깨달은 것 같다.

한데 깨달았다 하더라도 크게 달라진 건 없다. 현실의 나는 여전히 내가 가야 할 곳이 어딘지 몰라 허우적거리고 있고, 이따금 '자조하는 젊은이' 행색으로 오늘을 바라본다. 다만 이런 일들을 겪으면서 과연 내가 인생에서 무엇을 추구하며 살아야 하는지 고민할 기회를 가졌다. 내일이면 또 마음이 바뀔지 모르지만, 적어도 현재까지는 다양한 가치를 존중하는 사람이 되고 싶다. 그래야 하나가 무너지면 버텨낼 기둥이 생긴다. 무엇보다 실력이든 인성이든 누군가가 결코 빼앗아갈 수 없는 힘을 내 안에 축적하며 살아야겠다고 다짐했다. 벼락이 떨어졌지만 동시에 별똥도 떨어진 셈이다. "어디로 가야 하느냐 동이 어디냐 서가 어디냐 남이 어디냐 아차! 저 별이 번쩍 흐른다. 별똥 떨어진 데가 내가 갈 곳인가 보다".

#별똥은_다_어디로_떨어질까 #나를_버티게_해준_시 #벼락이_떨어지면_별똥도_어딘가엔_떨어지겠지

별을 보는 일은
무력감에 빠진 내게
적잖이 위로가 되었다.
광대한 우주에서 나란 존재는
미세 먼지에 가까울 것이니,
지금 겪고 있는 경험들은
우주의 만겁의 시간에 비하면 별것 아니겠지.

흰둥이 생각

└ 손택수

　손을 내밀면 연하고 보드라운 혀로 손등이며 볼을 쓰윽, 쓱 핥아주며 간지럼을 태우던 흰둥이. 보신탕감으로 내다 팔아야겠다고, 어머니가 앓아누우신 아버지의 약봉지를 세던 밤. 나는 아무도 몰래 대문을 열고 나가 흰둥이 목에 걸린 쇠줄을 풀어주고 말았다. 어서 도망가라, 멀리멀리. 자꾸 뒤돌아보는 녀석을 향해 돌팔매질을 하며 아버지의 약값 때문에 밤새 가슴이 무거웠다. 다음 날 아침 멀리 달아났으리라 믿었던 흰둥이가 아무 일도 없었다는 듯이 돌아와서 그날따라 푸짐하게 나온 밥그릇을 바닥까지 다디달게 핥고 있는 걸 보았을 때, 어린 나는 그예 꾹 참고 있던 울음보를 터뜨리고 말았는데

　흰둥이는 그런 나를 다만 젖은 눈빛으로 핥아주는 것이었다. 개장수의 오토바이에 끌려가면서 쓰윽, 쓱 혀보다 더 축축히 젖은 눈빛으로 핥아주고만 있는 것이었다.

ㄴ

꼬리 달린 천사가
주는 위로

ㄱ

대학교 4학년 때 우리 집은 한 시간에 버스가 한 대 다니는 시골로 이사를 왔다. 주변에 있는 집들은 대부분 개를 길렀는데 이상하게도 시골 개들은 모두 백구, 흰둥이였다. 이 흰둥이들도 어떤 주인을 만나느냐에 따라 팔자가 달라져서 어떤 흰둥이는 보신용으로 팔려나가고 어떤 흰둥이는 넓은 마당에서 비싼 사료를 먹으며 호시절을 보냈다. 우리 집 마당에 숨어들어온 흰둥이는 가장 불쌍한 팔자였다. 험악한 개 주인은 도망가는 흰둥이를 삽으로 후려쳤고 그런 광경을 태어나서 처음 본 나와 할머니는 눈을 질끈 감았다. 당시 이 동네의 개 복지 수준은 최하 수준에 가까웠다.

직장 생활을 하느라 몇 년간 집을 떠나 있다가 다시 내려왔을 때, 동네는 개 천지로 변해 있었다. 앞집은 다섯 마리, 길 건너 옆집은 네 마리, 옆집에 사는 이모도 순돌이라는 흰둥이를 길렀다. 집 밖을 나서면 보이는 게 개들이요, 아침을 깨우는 건 알람 소리가 아니라 개 짖는 소리였다. 특히 앞집의 개들은 눈이 안 보여서 사람 발자국 소리만 들어도 사납게 짖어댔다. 아파트 같으면 난리가 날 일이지만 이 교통 불편한 시골에 들어와 사는 사람들은 대부분 셋 중 하나였다. 동네 토박이, 건강 문제로 이사온 사람, 개를 많이 기르는 사람. 이런 상황이니 서로서로 입장을 이해해주는 편이었다.

사실 몇 년 전만 하더라도 나는 개나 고양이를 가족처럼 아끼는 사람을 이해하지 못했다. 학창 시절엔 개도 눈물을 흘린다는 친구의 얘기에 코웃음을 쳤고, 애완견의 얼굴을 봐야 마음에 안정이 온다는 노총각 상사의 얘기에 안쓰러운 마음이 들었다. 왜 사람을 놔두고 동물에게 정을 주는 거지. 반려동물에게 쏟는 사랑이 지나친 건 아닌가. 혹시 사람을 싫어하는 건 아닌가.

그런데 이럴 수가. 오히려 내가 나이를 먹을수록 점점 사람을 싫어하는 성향으로 변해가는 게 아닌가. 사람과의 관계는 아주 조그만 오해 하나로도 엇나가고, 믿음을 주기는 더 어렵다. 그래서 쉽게 지친다. 관계에 서툰 인간이 이런 인간관으로 세상을 살아가니 점점 고독이 독처럼 쌓이는 건 시간문제.

그렇게 삭막한 인간으로 살아가던 때에 이모가 키우는 순돌이와 사랑이와 장군이라는 강아지를 만났다. 비록 우리 집에서 기르는 개는 아니었지만 새끼 때부터 성견으로 자라는 과정을 지켜봤기에 이 아이들에게는 유독 애정이 많았다. 겁이 많은 순돌이는 새끼 때에도 사람을 가까이하지 않았다. 그런 순돌이를 어르고 달래고 아침마다 잘 있나 눈도장을 찍고서야 순돌이는 "연하고 보드라운 혀로 손등이며 볼을 쓰윽, 쓱 핥아주며 간지럼을 태"웠다. 아, 이 비싼 녀석. 반면 사랑이와 장군이는 사람이라면 사족을 못 쓰는 개들이니 애초부터 내가 옆을 지나갈 때면 울타리에 착 붙어서 자기들 좀 쓰다듬고 가라고 아우성이었다. 한없이 바보 같은 개들의 애정 공세에 나는 점차 길들여졌다. 이렇게 전폭적인 사랑을 받을 수 있다니. 이 아이들의 부드럽고 따스한 털을 만지고 있으면 거꾸로 내가 보호를 받는 느낌이었다.

기분이 처지고 짜증날 때 아무 말도 없이 바닥에 쭈그리고 앉아 있으면, 이상하다 싶어 빙빙 돌다가 이내 내 옆에 앉아 손가락을 살짝 핥아보는 순돌이. 다리가 약해서 집에서 멀리 나가본 적도 없는 순돌이가 어느 날 갑자기 사라졌을 때는 이모네와 우리 집 식구 모두 "순돌아!"를 외치며 동네를 돌아다녔다. 시인이 "다음 날 아침 멀리 달아났으리라 믿었던 흰둥이가 아무 일도 없었다는 듯이 돌아와서 그날따라 푸짐하게 나온 밥그릇을 바닥까지 다디달게 핥고 있는 걸 보았을 때"처럼 돌아온 순돌이를 보는 순간 반가움과 안쓰러움이 교차했다. 얼굴에 시커먼 때를 묻힌 순돌이는 무얼 보고 놀랐는지 동공에 지진이 난 표정으로 물을 마시고 있었다. 고속 도로 IC가 바로 앞이라 차도 많은데 그나마 치이지 않았으니 다행이지. 하마터면 말없이도 통하는 소중한 친구를 잃을 뻔했다.

언제부터였을까. 울타리에 손가락 하나를 넣어 사랑이, 장군이를 툭툭 건드려보던 나는, 어느새 손목을 통째로 넣어 사랑이, 장군이의 몸을 쓰다듬는다. 순돌이에게 냄새난다며 가까이 오지 못하게 하던 나는, 어느새 순돌이가 털갈이를 할 때면 누가 시키지 않아도 빗질을 해준다. 이제는 반려견을 친구처럼, 가족처럼 아끼는 사람들의 마음을 어느 정도는 이해할 수 있을 것 같다. 우울할 때 이 아이들 앞에서 한참을 멍하니 서 있으면 "왜 이러지?"하는 표정으로 고개를 갸웃거리다가 "혀보다 더 축축이 젖은 눈빛"으로 나를 바라본다. 그건 당신이 슬퍼서 나도 슬프다는 의미일까, 그럼에도 불구하고 기운 내서 나를 한번 만져달라는 갈구의 의미일까. 이럴 때는 그 젖은 눈빛과 헬기처럼 돌아가는 꼬리와 툭툭 건드리는 앞발이 "꾹 참고 있던 울음보를" 터뜨리게 만드는 누군가의 말 한마디만큼 뭉클하다.

조은 시인은 17년간 함께 살았던 강아지 또또를 병으로 떠나보내고 나서 인간이 반려견에게 느낄 수 있는 정서적 친밀감에 대해 고백했다. "강아지는 변덕스러운 인간관계에서 얻을 수 없는 순수한 감정을 불러일으켜 속된 감정을 정화시키고 정서적 위안을 준다."라고.

개장수의 오토바이에 태워질 흰둥이가 울음보 터뜨린 소년을 위해 젖은 눈빛으로 마지막까지 아픔을 핥아줄 때, 제 처지도 모르고 바보처럼 다른 이의 어깨를 토닥이는 그 천사성에 마음의 벽이 무너지는 건 당연지사 아니겠나. 개가 주는 위로는 때로 사람이 주는 위로보다 더 강력하다.

개를 사랑하는 사람들에게, 사람보다 개를 사랑하면 안 된다고 다그치는 사람들도 있다. 그들은 늘 사랑을 비교 우위로 나눈다. '~보다 더' 사랑한다, 사랑하지 않는다. 내가 보기엔 개를 사랑하는 사람도 세상 모든 개를 사랑할 순 없다. 우리가 수많은 사람 중 특별한 누군가를 사랑하는 것처럼 말이다. 태어나보니 인간인 내가 단지 인간이라는 이유로 누군가에게 당신이 기르는 개보다 나를 더 사랑해야 한다고 말하는 건 나 같은 인간에겐 가혹한 처사다. 누군가를 품에 안는 게 날이 갈수록 조심스러워지고, 타인과의 적당한 거리가 얼마인지 고민하고, 내 옆을 항상 지켜줄 이가 한 명이라도 남아 있는지 자신할 수 없을 때. 세상의 흰둥이는 그런 이를 위로할 친구이자, 애인이자, 자녀이자, 동반자로 천사의 날개처럼 꼬리를 연신 팔락거리며 다가온다.

#사람에게_받은_상처_반려견이_주는_위로 #난_너희에게_보호받고_있어 #사랑한다_사랑하지_않는다_사랑한다!

달의 몰락

ㄴ 유하

나는 명절이 싫다 한가위라는 이름 아래

집안 어른들이 모이고, 자연스레

김씨 집안의 종손인 나에게 눈길이 모여지면

이젠 한 가정을 이뤄 자식 낳고 살아야 되는 것 아니냐고

네가 지금 사는 게 정말 사는 거냐고

너처럼 살다가는 폐인 될 수도 있다고

모두들 한마디씩 거든다 난 정상인들 틈에서

순식간에 비정상인으로 전락한다

아니 그 전락을 홀로 즐기고 있다는 표현이

맞을지도 모른다 물론 난 충분히 외롭다

하지만 난 편입의 안락과 즐거움 대신

일탈의 고독을 택했다 난 집 밖으로 나간다

난 집이라는 굴레가, 모든 예절의 진지함이,

그들이 원하는 사람 노릇이, 버겁다

난 그런 나의 쓸모 없음을 사랑한다

그 쓸모 없음에 대한 사랑이 나를 시 쓰게 한다

그러므로 난, 나를 완벽하게 이해하는 호의보다는

날 전혀 읽어내지 못하는 냉랭한 매혹에게 운명을 걸었다

나를 악착같이 포용해내려는 집 밖에는 보름달이 떠 있다

온 우주의 문밖에서 난 유일하게 달과 마주한다

유목민인 달의 얼굴에 난 내 운명에 대한 동의를 구하지만

달은 그저 냉랭한 매혹만을 보여줄 뿐이다

난 일탈의 고독으로, 달의 표정을 읽어내려 애쓴다

그렇게 내 인생의 대부분은 달을 노래하는 데 바쳐질 것이다

달이 몰락한다 난 이미, 달이 몰락한 그곳에서

둥근 달을 바라본 자이다

달이 몰락한다, 그 속에서 미처 빠져나오지 못한

내 노래도 달과 더불어 몰락해갈 것이다

누군가에게 창피한
된다는 것

"나는 명절이 싫다 한가위라는 이름 아래/집안
어른들이 모이고". 여기까지만 읽어도 뒤에 무슨 일이 벌어질지
뻔하다. '뭉치면 살고 흩어지면 죽는다'는 속담이 이젠 이렇게 바
뀌어야 하지 않을까. '뭉치면 싸우고 흩어지면 터진다.' 명절만 되
면 청년들은 입시나 취업 때문에, 취업하면 결혼 압박 때문에, 결
혼하면 시댁 스트레스 때문에, 부모님이 돌아가시면 유산 문제 때
문에 고향에 가길 꺼린다. 명절이 끝나면 기다렸다는 듯이 9시 뉴
스에선 친족 간의 다툼을 보도하는 내용이 흘러나온다. 이것만 봐
도 알 만하지 않은가.

"네가 지금 사는 게 정말 사는 거냐고" 어른들에게 한마디 들
은 화자는 정상인들을 피해 집 밖으로 나간다. "그들이 원하는

사람 노릇이, 버겁다"고 말하면서. 차라리 그는 사람 노릇 못하는 자신의 쓸모없음을 사랑한다. 어른들의 눈엔 쓸모없을지언정 쓸모없음이 가져오는 어둠으로의 침잠이 창작의 땔감이 되기 때문이다. 그는 곧장 윤택한 생활을 보장해주지 않는 시 쓰기에 자신을 바치길 꿈꾼다. 서머싯 몸의 《달과 6펜스》에 등장하는 예술에 대한 광적인 열정, 그 열정이 불러온 악마적 개성을 뜻하는 달을 따라가려 한다. "집이라는 굴레"와, "모든 예절의 진지함"과, "편입의 안락"과 일상과 돈이 가져다주는 6펜스의 세계를 떠나려 한다. 달의 세계에 무엇이 있는지도 확신할 수 없으면서, 달나라에 가는 게 그리 쉬운 일이 아니라는 걸 알면서도 바보처럼 달을 노래한다. 비정상, 맹추, 유목민, 폐인이 그에게 덧씌워진다.

고향 집에서 비정상으로 전락한 그는 두 개의 세계를 용납하지 못하는 무한 긍정 주의자 혹은 망상 분자다. 공무원도, 취업 준비도 아니고 돈도 안 되는 짓을 하겠다고? 그도 안다. 시에 대한 열정이 자신에게 6펜스를 가져다줄 확률은 매우 낮다는 것을. 잘해야 삼류 이상은 되지 못하리라는 것을. 달의 세계에서 그가 겪어야 할 무한 경쟁은 소련과 미국이 달에 로켓을 쏘아 보내던 때처럼 자원이 있어야 가능하다는 사실을. 그곳에 닿기 전에 "달은 그저 냉랭한 매혹만을 보여줄 뿐이다". 집안 어른들처럼 멀리 있는 달은 그에게 분수를 모른다고 말한다. 그는 달의 마음에 들기 위해 애쓴다. "환상을 갖고 시작하지 마세요."라는 인생 선배들의 말처럼 그가 달에 착륙하는 순간 환상 속에 있던 달은 몰락한다.

시의 화자 역시 환상을 걷어낸 세계가 얼마나 보잘것없는지 인정한다. 그의 마음속 달은 나이를 먹으면서 이미 작아지고 있다. 한 가정을 이뤄 자식을 낳고 살 정도로 나이를 먹은 그는 "난 이미, 달이 몰락한 그곳에서/둥근 달을 바라본 자이다"고 고백한다. 그는 지난날의 꿈이 자신에게서 점점 멀어지고 있음을 느낀다. 자기가 발 딛고 선 그곳에서 달은 몰락했다. 그럼에도 그는 그곳에서 '둥근 달'을 바라본다. 한 번만, 한 번만 더 나에게 기회를 줄 수는 없나 자문하면서.

아무런 성취 없는 준비 기간이 지속될수록 《달과 6펜스》에 나온 "괴로움은 인간의 품성을 높여주지 않고, 반대로 인간을 천박하고 집착이 강하게 만든다"는 말에 공감하게 된다. '달'에 홀린 '맹추'가 된 순간 아이러니하게도 '달'과 '6펜스'에 대한 집착이 더 강해진다. '해를 품은 달'처럼 달도 갖고 6펜스도 가질 수 있었으면 하는 꿈을 꾼다. 사람들은 꿈을 가진 자에 대해 환상을 품는다. 꿈을 위해 인생의 모든 걸 불태우는 영혼. 그러나 세상은 언제나 녹록지 않고 꿈에 영혼을 저당 잡히는 건 매혹적인 만큼이나 위험하다. 달을 따라가다가 '천박'과 '집착'과 '보상 심리'를 앓는 자신을 목격하고 괴로워할 확률이 높을수록, 이 상태에서 벗어나겠다는 오기도 불타오른다.

　나는 한 해에 서울권 대학을 스무 명도 못 가는 고등학교에서 운 좋게 서울권 대학에 들어갔다. 부모님 주변에는 좋은 대학에 들어간 자녀를 둔 분들이 없었기에 그때 나는 집안의 유일한 자랑거리였다. 하지만 대학을 졸업하고 나선 한 직장에 자리 잡지 못하는 백수에 불과했고, 공대를 나온 동갑내기 사촌이 번듯한 기업에 취업하면서 전세가 역전됐다. 아빠는 TV를 보며 너는 공중파에 못 들어가냐고 물었지만 그게 말처럼 쉽지 않다는 것을 설명할 도리가 없었다. 명절이면 내 전공과 내 성격과 내 부족한 인맥에 대한 품평 섞인 조언을 피하고 싶어 차라리 투명인간이길 바랐다. 아버지의 회사 동료들이 딸은 왜 직장에 안 다니냐고 물어도 딱히 뭐라고 설명할 수 없는 존재. 눈에 띄는 성과 없이 보이지 않는 잠재력과 가능성에 의존해 숨 쉬는 존재. 그게 나였다. 예전에 함께 아르바이트를 하던 언니는 대기업에 다니시는 아버지가 사내 가족 운동회에 자신만 빼놓고 갔다는 얘기를 태연하게 해준 적이 있다. 대체 왜 그러신 거냐고 묻자 그 언니는 초연하게 말했다. "창피했나 보지." 그때는 그 말이 꽤나 충격적으로 들렸는데, 그 처지가 되어보니 진짜 그럴 수도 있겠다 싶으면서 다른 한편으론 부러 언니가 그 자리를 피했을 수도 있다는 생각이 든다.

　나이는 결혼 적령기에 도달했고, 글을 써서 먹고살겠다는 꿈이 이뤄질지 말지는 도박과 같고, 똥줄은 타들어 가고. 기질적으로 내가 하고 싶은 분야는 끝까지 몰아붙이는 타입이라 스스로 정신을 피폐하게 만든 경향도 있다. 이런 시간이 오래되다 보니 '집착'과 '보상 심리'가 자연스레 내 안에서 들끓었다. 내 이름으로 된 책 한 권을 내고야 말겠다는 욕심은 집안의 떠들썩한 자랑거리는 못 되어도 하고 싶은 일로 밥벌이는 하고 산다는 인정에 대한 갈망이기도 했다.

"말은 잘하지" "이게 현실이야" "그걸 이룬다고 뭐 크게 달라질 것 같니" "이젠 포기해라". 세간의 걱정 속에서 보름달은 하염없이 또 뜬다. 매해 돌아오는 명절은 우리의 가슴에 떠 있던 달이 무수히 몰락하는 날이며, 이해받지 못할 꿈의 노래가 한숨처럼 새어 나오는 날이다. 그런 날이면 나라는 인간을 걱정하는 사람들 앞에서 헐크처럼 옷을 찢으며 폐인에서 슈퍼맨으로 변신하는 내 모습을 상상으로나마 그려본다.

#나의_쓸모없음이_시를_읽게_한다 #한_번만_더_나에게_기회를 #조금만_기다려_슈퍼맨으로_변신할_거니까

명절이면 내 전공과 내 성격과 내 부족한 인맥에 대한
품평 섞인 조언을 피하고 싶어 차라리 투명인간이길 바랐다.
왜 직장에 안 다니냐고 물어도 딱히 뭐라고 설명할 수 없는 존재.
눈에 띄는 성과 없이 잠재력과 가능성에 의존해 숨 쉬는 존재.
그게 나였다.

이상은 김유정

└ 김민정

　이상의 시를 읽고 이상의 사진을 보고 나는 이상형을 이상으로 삼는다 멋 내지 않아도 멋이 나는 남자, 이상 때문에 빌려 본 〈금홍아 금홍아〉란 영화에서 뜻밖에도 나는 김유정을 만난다 이 사람 유정이, 우리 천재끼리 죽어버리세 난 못 죽네 왜 못 죽는가 난 통닭 먹고 싶어 못 죽네 폐결핵으로 죽어가는 김유정이 그러고는 힘없이 이불을 당겨 쓰는데 일종의 기시감이라고 하던가, 전생이 그때인 사람처럼 곁에서 마구 슬픈 것이었다 강원도 통감자였나 알감자였나, 헤어진 애인들의 별명이 그랬던 것으로 보아 내 이상형이 이상이란 장담은 곧 농담이 될 거라며 앞서 걷는 이가 있었으니 나 모르는 내 시로 줄곧 나는 그를 따랐던 모양이다

치킨 성애에서
치킨 게임까지

이상李箱은 모던보이였다. 지루하기 짝이 없던 문학 시간에도 이상의 시와 소설은 이상하리만치 현대적으로 다가왔다. 그의 세련된 얼굴과 귀티는 요즘 말로 하면 '미대 오빠' 느낌이었다. 얼굴값 하듯 그는 입맛도 고급스러웠는데, 이상은 죽기 전 병석에 누워 있을 때 "무엇이 먹고 싶냐"는 아내 변동림의 물음에 "센비키야千疋屋(일본에 있는 과일 전문점)의 멜론"이라 답했다. 이상이 임종 직전 찾은 음식이 레몬이라는 설도 있는데, 멜론이든 레몬이든 모던보이란 별칭에 걸맞은 음식이 아닌가 싶다.

이상의 지우이자 〈봄봄〉, 〈동백꽃〉 등의 작품으로 우리에게 친숙한 작가 김유정은 그에 비하면 토속적이다. 〈동백꽃〉 같은 작품을 보면 농촌을 배경으로 순박한 청춘들이 주인공으로 등장하거나 '감자', '암탉' 따위가 소재로 등장하지 않나. 이 시에서 언급한 영화 〈금홍아 금홍아〉의 한 장면이 팩트인지 팩션인지는 알수 없지만 김유정이 죽기 직전 친구에게 번역료를 부탁하며 보낸 편지에 "그 돈으로 닭 삼십 마리를 고아 먹고, 땅꾼을 사서 살모사와 구렁이를 십여 마리 달여 먹겠다"는 내용이 담겨 있었다는 걸 보면 김유정은 아마도 입맛 역시 투박했을 것이다. 오늘로 치자면 닭성애자, 닭 덕후에 가깝지 않았을까.

이상과 김유정은 모던/토속, 멜론/통닭처럼 작품 스타일과 입맛이 180도 달랐지만, 친부모의 부재와 가산이 줄면서 겪어야 했던 가난, 폐결핵이라는 공통점으로 끈끈하게 묶여 있었다. 아이러니하게도 통닭이 먹고 싶어 못 죽는다던 김유정이 1937년 3월 29일 먼저 세상을 떴고, 20일이 지난 4월 17일에는 이상이 눈을 감았다. 두 사람의 영결식은 친구들이 모인 자리에서 합동으로 치러졌다. 멜론을 찾던 이와 통닭을 찾던 이의 두 영혼에서 마침내 하나의 날개가 돋아난 날이었다.

나는 불현듯이 겨드랑이가 가렵다.

아하 그것은 내 인공의 날개가 돋았던 자국이다.

오늘은 없는 이 날개, 머리 속에서는 희망과 야심의 말소된 페이지가 딕셔내리 넘어가듯 번뜩였다.

나는 걷던 걸음을 멈추고 그리고 어디 한번 이렇게 외쳐보고 싶었다.

날개야 다시 돋아라.

날자 날자 날자 한 번만 더 날자꾸나.

한 번만 더 날아 보자꾸나.

　　－ 이상, 〈날개〉 중에서

　　이상이 죽기 한 해 직전에 쓴 〈날개〉에 나오는 "날개야 다시 돋아라."는 문장은 어쩌면 그가 자신에게 거는 최후의 보루와도 같은 주문이었을지 모른다. 그런데 왜 난 이 문장에서 닭 덕후 김유정처럼 프라이드 치킨의 날개 조각이 생각나는 걸까. 3대가 함께 살던 우리 집에서 치킨을 시켜 먹으면 닭다리는 늘 할아버지, 할머니 또는 아버지 차지였다. 서열 최하위였던 나는 애초 닭다리엔 관심도 없었다. 오히려 내가 가장 좋아한 부위는 닭날개와 닭모가지였다. 할 수만 있다면 닭날개만 가득 든 치킨이 있었으면 했다. 그러나 치킨의 닭날개와 닭모가지는 단 세 조각뿐이고 이를 다 먹고 나면 난 아쉬운 듯 입맛을 쩝쩝 다시며 이렇게 중얼거리곤 했다. "날개야 다시 돋아라. 날자 날자 날자 한 번만 더 날자꾸나".

　　3년 동안 서울살이를 하면서 일주일을 버티게 해준 건 매주 금요일에 버거킹에서 사 먹은 스파이시 텐더크리스피 버거였다. 저녁 9시부터 새벽 2시까지 제품을 사면 50% 할인받을 수 있는 버거킹의 '킹 나이트' 이벤트는 주머니 사정이 가벼운 자취생에

게 기쁨이자 위로였는데, '킹 나이트'에 속한 메뉴가 바로 스파이
시 텐더크리스피 버거였다. 복날에는 KFC에 가서 하프 치킨 버
킷을 지르고, 하루 종일 치킨만 뜯어 먹었다. 월급의 40%를 월세
로 낸 뒤, 내가 나 자신에게 베풀 수 있는 유일한 선물이 치킨이
었다. 특히 어렸을 적에 체인점 치킨을 먹어 본 경험이 별로 없
는 나에게 버거킹과 KFC의 치킨은 이상의 멜론에 버금가는 사대
주의적 맛이었다. 동그란 바스켓에 담아 품에 안을 수 있는 치킨
이라니. 주님 위에 건물주, 하느님 대신 치느님이라는 공식을 몸
소 실천하던 시기였다.

　　그럼에도 불구하고 내 생애 최고의 치킨은 할아버지가 운동
회 때 들고 온 양념 통닭이다. 현수네 닭집에서 튀겨온 양념 통
닭은 전형적인 시장표 치킨으로, 사등분한 통감자 튀김을 서비
스로 넣어줬다. 감자와 옥수수 성애자인 할머니의 입맛을 고려
해 치킨을 주문할 때면 늘 감자튀김 좀 많이 넣어달라고 부탁했
다. 할아버지는 손녀인 나를 유독 예뻐하셔서 잠바 속에 어린 나
를 품고 다니셨다. 초등학교 1학년 운동회 때, 이순신 장군 동상
옆에 돗자리를 깔고 그곳에서 나를 기다리던 할아버지. 만년 달
리기 꼴찌인 내가 달려가자 요구르트 한 개와 양념 통닭을 내밀
던 그때의 장면이, KFC 할아버지처럼 배가 통감자만 한 할아버
지의 따뜻한 품이, 추억과 감각의 "말소된 페이지가 딕셔내리 넘

어가듯 번뜩"이곤 한다.

꼴찌여도 행복했던 시절은 그때뿐이었다. 졸업하고 나서 프리랜서, 인턴, 계약직으로 광화문 근방의 세 군데 회사에서 밥벌이를 하던 시절, 나는 광화문 거리에 서 있는 이순신 동상을 보며 할아버지를 떠올렸다. 초등학교에서 본 이순신 동상과는 비교가 안 될 정도로 엄청난 스케일의 장군. 그 압도적 크기만큼 나는 작아졌으니 이 바닥에서 꼴찌를 해도 맘 편히 밥을 얻어먹을 수 있는 시기는 끝났음을 깨달았다. 우선 나는 내 스펙과 기질로는 백 번 해도 이 바닥의 공채 문을 뚫을 수 없는 인간이었다. 일자리를 얻었다 해도 클릭 수를 높이기 위해 자극적인 내용을 뽑아내는 기사나 작성해야 했고 근무 강도에 비해 월급은 박봉이었다. 경력을 발판 삼아 다른 언론사에서 일했을 때에도 내 성격과 체력으로 이 바닥에 오래 붙어 있을 자신이 없었다. 기회만 주어지면 뭐든 다 할 수 있을 거란, 희망과 야심의 페이지가 광화문 거리에서 싹 다 말소되었다.

광화문에 위치한 케이블 TV 방송사의 드라마 편성 PD 면접에서 면접관은 일주일에 이틀 정도만 집에 갈 수 있을지 모른다. 사무실에 매트리스 깔고 일할 자신이 있냐고 물었다. 지원자로 그 자리에 앉았으니 예의상 그럴 수 있다고 답했지만, 당시 체력이 바닥까지 가 있던 상태라 속으로는 이곳에 취업해도 버틸 자신이 없다고 생각했다. 이 면접을 끝으로 나는 광화문 버뮤다 삼각지대를 떠나 패잔병의 모습으로 서울을 떠났다. 이따금 주말에 고향에 내려갈 때마다 양손에 치킨을 들고 자신만만하게 "할머니, 저 왔어요."라고 외치던 나의 모습은 사라지고, 김유정처럼 이불을 뒤집어쓴 채 병든 닭처럼 고개를 숙인 내 모습이 따라왔다.

잡다한 책을 읽으며 교양 있고 지적인 사람이 되고 싶었던 나는, 대학 입학과 사회생활하면서 만난 이들과의 문화적 격차 앞에서 무기력에 빠졌다. 뿌리의 계보를 탓했으며 자신의 기질과 맞는 환경에서 태어난 이들을 부러워했다. 이상처럼 모던하고 낭만적인 인간을 꿈꿨으나 나의 태생은 김유정이었다. 그래서 지금도 나는 식탁 위에 놓인 조개젓과 새우젓을 '앞서 걷던 이'인 할아버지의 입맛이 빙의된 것처럼 맛나게 먹는다. 부활절에 계란을 많이 먹어 급체 하는 바람에 구급차에 실려 갈 뻔했던 우리 할아버지. 나는 나도 모르는 내 혀로 줄곧 그를 따랐다.

할아버지, 정녕 부활이란 있는 걸까요. 패자 부활전은 없습니까. 그냥저냥 밥 먹고 똥 싸다 보니 수년이 흘렀고 나는 이대로는 안 되겠다는 생각에 경력 단절된 시간들을 무마하기 위해 머리를 쥐어짰다. 그 방도란 끝내 또 치킨이었으니. 직진 말고는 답이 없는 상황에서 치킨 게임이야말로 내가 할 수 있는 유일한 전략이었다. 서로 마주 본 운전자가 정면으로 돌진하는 상황에서 한 명이 운전대를 돌리던가, 아니면 둘 다 충돌하던가. 이판사판의 심정으로 글을 써내려가고 있는데, 이 또한 매몰비용(다시 되돌릴 수 없는 비용)을 포기하지 못한 자의 미련인 건지. 나는 잠시 한숨 쉬고 이런 문장을 써 보는 것이다.

날개야 다시 돋아라. 날자 날자 날자 한 번만 더 날자꾸나.

#모던과_토속_멜론과_통닭_사이 #꼴찌여도_행복했던_시절 #날개야_돋아라_날자_날자_한_번만_더_날자꾸나

4

그래도
내 청춘은
반짝인다

삼십대
└ 심보선

　나 다 자랐다, 삼십대, 청춘은 껌처럼 씹고 버렸다, 가끔 눈물
이 흘렀으나 그것을 기적이라 믿지 않았다, 다만 깜짝 놀라 친구들
에게 전화질이나 해댈 뿐, 뭐 하고 사니, 산책은 나의 종교, 하품은
나의 기도문, 귀의할 곳이 있다는 것은 참 좋은 일이지, 공원에 나
가 사진도 찍고 김밥도 먹었다, 평화로웠으나, 삼십대, 평화가 그
리 믿을 만한 것이겠나, 비행운에 할퀴운 하늘이 순식간에 아무는
것을 잔디밭에 누워 바라보았다, 내 속 어딘가에 고여 있는 하얀
피, 꿈속에, 니가 나타났다, 다음 날 꿈에도, 같은 자리에 니가 서
있었다, 가까이 가보니 너랑 닮은 새였다 (제발 날아가지 마), 삼십대,
다 자랐는데 왜 사나, 사랑은 여전히 오는가, 여전히 아픈가, 여전
히 신열에 몸 들뜨나, 산책에서 돌아오면 이 텅 빈 방, 누군가 잠시
들러 침만 뱉고 떠나도, 한 계절 따뜻하리, 음악을 고르고, 차를 끓
이고, 책장을 넘기고, 화분에 물을 주고, 이것을 아늑한 휴일이라
부른다면, 뭐, 그렇다 치자, 창밖, 가을비 내린다, 삼십대, 나 흐르
는 빗물 오래오래 바라보며, 사는 둥, 마는 둥, 살아간다

ㄴ
20대로
안 돌아갈래
ㄱ

서른이라고 특별한 건 없었다. 매해 1월 1일 나이를 공짜로 먹듯, 서른도 공짜로 생겼다. 20대 초반에는 나 자신에게 거는 기대가 엄청났으나 이런저런 일을 겪다 보니 20대 후반이 되어서는 딱히 내 인생에 큰 기대를 하지 않게 되었다. 기대치가 낮으면 적잖이 실망스러운 일에도 크게 상처받지 않으니까. 실리적으로 비관주의를 택한 시기에 맞이한 서른이라서 그런지는 몰라도 딱히 '3'이라는 숫자에 압박을 당하지 않았다. 직업과 결혼과 생계와 미래에 대한 불안은 서른 전에도 존재했으니 딱히 달라진 건 없다고 여기면서. 다만 주변 사람들의 걱정 어린 시선은 좀 더 노골적으로 변했다. 구직 시장에서, 결혼 시장에서 숫자가 주는 메리트는 끝났다.

서른이 되면 그럴듯하게 살 줄 알았다. 그런데 평범하게 사는 일, 보통의 기준에 도달하는 일조차 말처럼 쉬운 게 아님을 서른이 돼서야 깨달았다. 보통에 다가가기 위해선 첫 단추부터, 출발선부터 달라져야 했다. '20대에 무엇을 했다면, 무엇이 있었다면'이라는 가정들로 괴로워하다가도, 결국 내가 바꿀 수 없는 것과 내가 바꿀 수 있는 것을 인정하고 살아갈 수밖에 없는 시기가 서른 즈음인 것 같다. 《서른 살이 심리학에게 묻다》에 나온 것처럼 높은 자아 이상(자기 자신에 대한 이상적 기대를 가진 자아)을 떠나보내고 이를 애도하는 과정이 필요한 시기에 나도 결국 도착했다.

서른다섯 살의 문제를 기둥으로 삼고 있는 SF 소설 《퀀텀 패밀리즈》에는 이런 말이 나온다. "산다는 것은 성취할 수 있을지도 모르는 것의 극히 일부만을 현실에서 성취한 것으로 바꾸고, 나머지는 모조리 가차 없이 가정법 과거인 성취할 수 '있었을지도 모르는' 것 속으로 밀어 넣는 작업이다." 이 말은 내 서른 살의 심장에 번번이 후회의 여진을 일으켰다.

어찌 되었든 현실을 받아들인다 하더라도 누구나 한 번쯤 아쉬운 마음에 과거로 돌아가는 상상은 해볼 수 있는 거니까, 현재의 취업난을 고려해 과거로 돌아간다면 나는 지금과는 다른 선택을 할 것 같다. 첫 번째로 수포자(수학 포기자)의 길을 가지 않을 것이며, 두 번째로 취업 잘되는 학과인 전·화·기(전기, 화공, 기계)를 전공으로 삼을 것이며, 세 번째로 재수를 해서라도 명문대에

도전할 것이다. 네 번째로는 첫 번째, 두 번째, 세 번째가 뜻대로 안 된다면 과감하게 대학 입학을 접고 고교 졸업과 동시에 공무원 시험이나 취업 이민을 준비할 것이다. 그랬다면 내가 매달리는 자가 아닌 선택권을 지닌 자의 위치가 될 수 있었을 텐데. 사람은 누구나 하나의 인생을 살 수밖에 없기에 살아보지 못한 인생이 아쉽기 마련이다. 그래서 그때로 돌아간다면 다른 선택을 했을 거라고 얘기하지만 그건 지금의 기억을 그대로 탑재한 채 과거로 돌아갔을 때 얘기다.

곰곰이 생각해보면 과거 내게 경고하듯 조언을 해준 사람들은 많았다. 그 말만 들었다면 지금의 기억을 그대로 탑재한 채 과거로 돌아간 것과 별반 다를 바 없는 선택을 했을 텐데. 당시 나는 그런 조언들을 귓등으로 흘려들었다. 같은 과에 다니던 동아리 선배는 4학년 돼서 후회하지 말고 경영학을 복수 전공하라고 권유했다. 또 무역회사를 그만두고 아르바이트로 생계를 유지하던 선배 언니는 틈만 나면 아르바이트로 시간 낭비하지 말고 지금이라도 공무원 시험을 준비하라고 조언했다. 한국은 어떤 회사든 업무 강도가 장난이 아니니, 조금이라도 네 생활을 영위하려면 공무원밖에 답이 없다고 말하면서. 지금 자기는 무척이나 후회하고 있다고 한탄하면서.

하지만 모든 걸 다 떠나서 현재의 기억이 남아 있는 상태든, 지운 상태든 누군가 정말 20대로 돌아갈 기회를 준다고 한다면 결단코 나는 돌아가고 싶지 않다. 환경이 바뀌지 않는 이상 사람에게 주어지는 선택지는 크게 변하지 않을 테니까. 20대에는 돈도, 경력도, 자신감도 없었다. 다시 20대로 돌아가서 서른 살이될 때까지의 기간을 채워야 한다면 수두룩한 시험과 스펙 경쟁에벌써부터 진이 빠진다. 무엇보다 20대의 뜨거운 예민함보다는30대의 굳어서 단단해진 여유가 낫다. "나 다 자랐다, 삼십대, 청춘은 껌처럼 씹고 버렸다."라는 시구처럼 난 사람들이 청춘이라부르는 그것과 청춘 때부터 가깝지 않았기에 청춘을 껌처럼 씹고버려야 하는 지금의 나이가 더 편하다.

F. 스콧 피츠제럴드의 소설 《벤자민 버튼의 시간은 거꾸로 간다》 속 노인으로 태어난 벤자민처럼, 나는 조로하지만 미숙한 아이였다. 애늙은이처럼 생각하고 애늙은이처럼 행동했다. 벤자민은 젊은데도 불구하고 나이 들어 보이는 외모 때문에 계속 염색을 하고, 길에서 안경을 쓰거나 지팡이를 짚지 않으려 애쓰며 또래처럼 보이려 했다. 하지만 나는 빨리 시간이 지나 내가 받아들여질 수 있는 나이가 오기를 고대했다. 당시엔 그 나이가 서른이라 생각했지만, 우습게도 지금의 나는 20세기 30대에 비하면 능청스러운 철부지에 가까운 21세기 30대다. 더 나이를 먹어야 하나? 50대가 되어야 하나?

차라리 《벤자민 버튼의 시간은 거꾸로 간다》처럼 사람들이 거꾸로 나이를 먹었으면 좋겠다. 요즘에는 어른이지만 아이들처럼 자유와 즐거움을 추구하는 어른아이라는 말도 있지 않은가. 미얀마에는 이를 그대로 실천하며 사는 부족이 있다. 올랑 사키아라는 부족은 나이를 거꾸로 세는데, 아기는 태어나자마자 60세, 60세가 된 노인은 0세다. (0세가 넘을 경우 거기에 열 살을 더해, 한 해마다 한 살씩 빼준다.) 올랑 사키아 부족으로 산다면 서른 살이야말로 딱 중간, 애도 어른도 될 수 있는 나이다.

"음악을 고르고, 차를 끓이고, 책장을 넘기고, 화분에 물을 주고, 이것을 아늑한 휴일이라 부른다면, 뭐, 그렇다 치자". 다소 심심한 휴일을 불타는 금요일보다 사랑하고, 단조로운 일상의 평화를 즐길 수 있는 나이. 서른이 되면 그런 조건과 공간을 갖춘 사람이 될 줄 알았건만, 세상이 바라는 기준에 한참이나 떨어지는 서른이 되고 보니 가진 건 정신뿐이라 '비자발적' 사토리 (1980~90년대에 태어난 일본의 젊은 세대를 가리키는 말로. 본래 돈벌이나 출세에 관심이 없는 '득도', '달관'을 뜻하지만 무기력과 세상의 불공평함을 자조적으로 받아들이는 세대라는 뉘앙스가 강하다.) 서른이 되고야 말았다. 시에서는 "나 다 자랐다", "다 자랐는데 왜 사나"라고 말하지만 정작 현실의 서른은, 다 자랐다고 하기엔 가진 게 없는 사회 초년생에 가깝다. 좁아진 취업문에 미래마저 불안하니 그런 우리에게 자기 몸뚱이를 책임질 수 있는 사람인 '어른'이 되는 길은 아직 멀고도 어렵게만 느껴질 뿐이다.

대리로 승진한 또래들을 보며 나야말로 조로하고 미숙한 애어른에서 덩치만 컸지 현실 감각과 생활력을 망각한 어른아이로 역행하고 있구나 싶다. 반면에 서른에 직장을 때려치우고 자기가 하고 싶은 걸 하겠다고 뒤늦게 도전하는 친구들도 그만큼 많다. 그걸 보고 있으면 이 시대의 서른이야말로 '성장'에 대한 자기만의 철학과 사회가 규정한 어른의 기준이 치열하게 부딪치고 있는 나이라는 생각이 든다.

#서른_되면_달라질_줄_알았는데_ㅈㅈ #그래도_20대로_돌아가는_건_ㄴㄴ #덩치만_커졌지_현실은_찌질한_애어른

이 시대의 서른이야말로
불타는 금요일보다 단조로운
일상의 평화를 즐길 수 있는 나이.
'성장'에 대한 자기만의 철학과
사회가 규정한 어른의 기준이
치열하게 부딪치고 있는 나이.

여행

ㄴ 이병률

어느 골목 창틀에서 집어온 대못 하나
집에 가져다 컵에 기울여 꽂아놓았더니
뚝뚝 녹가루를 흘리고 있다

식당에서 먹다 버린 키조개 껍질
뭐라도 담겠다 싶어 가져왔는데
깊은 밤 쩌억쩌억 소리가 들려
집 안을 두리번거리다 안다
공기 중이라 조개의 몸이 갈라지는 것을

나는 털면 녹 한 줌 나올는지
나를 공기로 쪼개면 나는 쪼개지기나 할런지

녹가루를 받거나
갈라지는 소리를 이해하는 며칠을 보냈을 뿐인데

머리카락을 남기고 간 사람이 있는 것도 아닌데
이토록 마음이 어질어질한 것이 나로 인한 것인지

기어이는 숙제 같은 것이 있어 산다
끝나지 않은 나는 뒤척이면서 존재한다

옮겨놓은 것으로부터
나를 이토록 옮겨놓을 수 있다니
그러니 사는 것은 얼마나 남는 장사인가

└

여행이 끝나고
남겨진 숙제들

┌

　　요즘 회사 지원 양식을 보면 어학연수 경험이
나 해외여행 경험 칸이 버젓이 있다. 여기서 말하는 여행에 들
려면 바다 하나는 건너가 줘야 할 것만 같은 압박감이 든다. 취
업 시장뿐 아니라 사회에서도 응당 젊은이라면 무전여행이나 유
럽 배낭여행 정도는 해야 하지 않겠냐고 부추기는 분위기다. 그
런데 꼭 먼 곳에서 스펙터클한 경험을 해야만 여행인가. 여행은
그저 떠나고 돌아오는 일이지 않은가. 그 과정에서 새로운 렌즈
를 얻어, 돌아왔을 때 원래 있었던 곳을 낯설게 바라볼 수 있으
면 그게 여행이다. 그러니 자신의 껍질을 부수고 싶거나, 내 안
의 찌꺼기를 털어내고 싶거나, 생의 매듭이 될 수 있는 결정을
앞두고 있거나, 그저 모든 현실에서 도피하고 싶을 때 저지른 모

든 떠남은 거리에 상관없이 모두 여행이다. 내가 다녀온 곳의 희소가치를 떠나 아주 작은 곳에서라도 내게 유의미한 경험을 건졌다면 그거야말로 성공한 여행이다.

진부하지만 인생은 여행이고, 아주 작은 경험도 여행의 하나라고 가정해보자. 그렇다면 어떤 경험 후에 오는 잡념과 피로에는 나라는 퇴적층에 무엇을 쌓아 올릴지 고민이 뒤따른다. 영화 〈건축학 개론〉에는 이러한 청춘들의 숙제가 직접적으로 드러나 있다. 건축학 개론 첫 수업에서 교수는 학생들을 불러내 자신이 사는 동네에서 학교까지 오는 길을 지도에 그어보라고 한다. 그렇게 그는 차례로 세 가지 과제를 내준다. 동네 여행에 이어, 집에서 가장 먼 곳을 여행해볼 것, 자기가 살고 싶은 집(공간)을 만들 것. 첫사랑 영화라고만 치부하기엔 〈건축학 개론〉이 보여주는 숙제는 의미심장하다. 이 영화가 슬픈 건 '자기가 살고 싶은 집'에 닿기까지의 여정이 인생의 숙제라는 사실이고, 그 집 또한 결국은 주어진 토대 위에 세워진다는 사실이다.

이렇다 할 여행을 해본 적이 없는 나로서는 집에서 나와 타지에서 생활한 짧은 시간이 유일한 여행이었다. 20대 때 내 목표는 가능하면 집에서 멀리 떨어진 곳으로 나와 대도시에 자리를 잡는 일이었다. 내가 원하는 일자리가 고향에는 없었으니 떠나는 것이 답이었다. 처음으로 서울의 문화를 접했던 대학 시절과, 타지에서 직장 생활을 한 그 경험이 '집에서 가장 먼 곳을 여행해볼 것'에 속한 셈이었다. 그나마 내가 끝마친 숙제는 동네에서 학교까지 오는 길을 선으로 그어본 일이었다. 이 숙제만은 끝마쳤다고 생각했는데 그건 착각에 불과했다. 나는 내가 사는 곳을, 내가 자란 곳을 사랑하지 못했다. 더욱이 내가 갈 수 있는 가장 먼 곳에서 자리 잡는 일마저도 실패했다. 번번이 실패할 때마다 나에겐 예기치 못한 이별 여행이 찾아왔다.

공교롭게도 직장을 그만두고 몇 개월간 공백기를 가질 때마다 차례로 할아버지, 할머니께서 돌아가셨다. 다른 손주들보다 빨리 집에 내려올 수 있었기에 두 분께서 눈감는 순간을 두 번다 지켜볼 수 있었다. 그때는 슬픔보다는 다행이라는 생각이 앞섰다. 요양원에서 하루하루 기억을 잃어갔기에, 삶의 낙도 없이 TV만 보며 지내셨기에 하루빨리 편안한 곳으로 가시는 게 행복한 길이라고 생각했다. 사실 그 생각 속에는 '버티는 인생이 과연 무슨 가치가 있지'라는 회의 어린 시선도 섞여 있었다. 그렇게 생각했는데, 이 시에 나오는, 오랜 시간을 창틀의 부속으로 살아온 못과 알맹이 빠진 키조개 껍질조차도 마지막까지 온몸으로 숨을 내쉬었다. 할아버지, 할머니는 당신들의 마지막 숨소리로 내게 시간의 권위가 무엇인지를 깨닫게 해주었다. 여행이란 이름의 유예를 마치고 돌아온 나는 80세를 넘기신 할아버지, 할머니에 비하면 작은 존재에 불과했다. 할아버지, 할머니가 살아온 시간 그 시간에 비하면 나는 더 먼 길을 가야 할 사람이었고, 내가 살고 싶은 집이 어떤 집인지 숙고하며 살아야 할 사람이었다.

대못의 녹과 키조개의 갈라지는 소리에는 한자리에서 터를 닦아나가고, 그곳에서 일어났던 모든 일을 기억하는 시간의 권위가 묻어 있다. "나는 털면 녹 한 줌 나올는지/나를 공기로 쪼개면 나는 쪼개지기나 할런지" 자신이 없었다. 그걸 보며 이토록 마음이 어질어질한 것은 아직 자리를 잡지 못한 나라는 '틀' 때문임을 뒤늦게 깨달았다.

돌고 돌아 다시 고향에 내려왔을 때, 작지만 유의미한 경험들을 겪으며 내가 자란 곳을 다른 눈으로 바라볼 수 있게 됐다. 유골함에 담긴 할아버지, 할머니의 뼛가루는 내가 나에게 전가한 짐을 털어버리라고 다가온 한 쌍의 녹가루였다. 고민이 "끝나지 않은 나는 뒤척이면서 존재"하고, "기어이는 숙제 같은 것"을 하기 위해 인생을 여행하고 있음을 깨달았다. 다만 이제는 녹가루와 조개 갈라지는 소리가 내 몸의 때가 녹고 있거나, 나를 옭아매던 껍질이 떨어져 나가는 소리일 수 있다고 생각할 따름이다.

더 이상 내 방에 할아버지, 할머니의 머리카락이 남겨질 일은 없다. 다만 돌아가신 할아버지, 할머니의 사랑을 생각하면 마치 낯선 세계에 도달한 것마냥 마음이 어질어질하다. 생각만으로도, 납골당에 들르는 것만으로도 나는 여행에 다녀온 사람처럼 지금 내게 주어진 것들을 낯설게 바라볼 수 있다. 하찮다 여긴 모든 것들에 시간의 권위를 느끼고자 노력한다. 자신을 전시해야 선택받는 세상의 장삿속에서, 여행의 외관을 띠지 못해 내던져진, 그러나 누군가에겐 의미 있는 경험들이 분명 있을 것이다. 내겐 두 번의 이별 여행이 그러했다. 누군가에겐 사소하지만 나에게는 의미 있는 경험들, 그걸 내 안에 옮겨놓고 내 삶에 옮겨놓고 산다면 그거야말로 남는 장사가 분명하다. 모든 게 장황해지고 수치화되는 요즘, 우리가 놓쳐버린 건, 작디작은 못과 조개가 제 속의 녹가루와 제 밖의 껍질을 벗어던지는 소리를 들어줄 마음의 귀인지도 모른다.

#저지르고_보니_여행_시작 #시간의_권위_앞에서 #진부하지만_어쩌겠니_인생이_여행인데 #할머니_할아버지_보고_싶어요

'버티는 인생이 과연 무슨 가치가 있지'라는
회의 어린 시선도 섞여 있었다.
하지만 오랜 시간을 창틀의 부속으로 살아온
못과 알맹이 빠진 키조개 껍질조차도
마지막까지 온몸으로 숨을 내쉬었다.

그날의 커피

ㄴ 윤성택

커피에 얼음을 띄우니 잔 밖으로 물기가 생긴다

내 생각이 어딘가 스미는 속도,
담아낸 것과 벽이 반응하는 날이
어느덧 나를 여기에 맺게 한다

한때 얼음이 견뎠던 열기가 우리였던 적이 있듯

저녁이 산란産卵하는 빛덩이를
가로등에서 둥글게 섞는다, 밤은 생각이
내려 받은 심장이어서 밤새 별들이 두근거린다

스스로를 우려내 향기가 되고자 한다면
새벽에 받쳐져야 한다, 그 아래
걸러지는 꿈을 따라놓는 것이

이 生의 한 잔 에스프레소

커피를 좋아하는 사람은 진한 침묵을
음미하다 홀로 간이역 불빛으로 남는다

누군가 그 안에 들어와 녹는 동안

정류장에서 맛 본 커피의
쓴맛과 단맛

20대 중반까지만 해도 커피를 잘 안 마셨지만 요샌 기운이 좀 떨어진다 싶으면 어느새 내 손엔 믹스 커피가 들려 있다. 적당히 달달한 맛 때문에 피곤해서 당 떨어진 순간 마시면 제격이다. 커피를 자주 마시는 요즘에야 하루에 3병씩 자양 강장제를 들이켜던 할머니의 심정을 이해하게 됐다. 커피에 관한 책을 뒤적거려보니 외국에서는 커피 마시는 일을 '정지된 자동차에 기름을 넣는 일'로 비유하던데. 한마디로 커피 마시기란 몸에 부르릉 시동을 켜는 일이자, 오늘도 달려보자는 일종의 리추얼 같은 것이다.

그래서인지 왕성한 활동으로 유명한 역사적 인물들 중에는 커피 애호가가 많다. 시어도어 루스벨트는 하루에 3.8리터의 커피를 마셨고, 프랑스 작가 볼테르는 하루에 40~50잔의 커피에다 초콜릿까지 섞어 마셨다고 한다. 그들에게 커피는 에너지 드링크처럼 몸을 계속 움직이게 하는 마법의 음료와 같았을 것이다. 커피가 없었다면 이들이 그 많은 업적을 남길 수 있었을까. 뒤집어 생각해보면 커피 한잔을 핑계로 사색하는 시간을 자주 가졌기 때문에 뛰어난 작품과 정책들을 만들어낸 걸 수도 있다. "커피나 한잔 마시고 하자"는 말이 "잠시 쉬었다 하자"는 말과 동의어로 사용되는 것처럼 말이다.

우리에게 커피는 잠시 멈춤으로써 제 속도를 유지할 수 있도록 도와주는 하루의 페이스메이커에 가깝다. 빨리 속도를 내라며 다그치다가도 지금은 좀 쉬어갈 때라고 얘기하는 시간의 나들목. 졸음을 참고 일을 끝내기 위해 커피를 들이켜는 순간에도 우리는 자신이 달리고 있는 주행 거리의 중간에 서 있다. 그렇기에 커피는 늘 내가 열정과 시간을 바치고 있는 공간에 대한 관찰과 청취를 자연스레 이끌어낸다. 커피를 마시는 시간엔 아무것도 하지 않으나 많은 것들이 부딪쳐 들어와 녹는다. 무언가가 걸러져서 내 안에 녹아들려면 시간이 필요하다는 듯이. 순간의 경험은 현재라는 지점에서 어떠한 맛도 나지 않는다. 그저 내 가슴에 맛 모를 어떤 것이 내려앉고 있다는 느낌만 전해줄 뿐이다.

그러니 오늘의 커피는 언제나 '그날'이라는 지난날이 되어서야 숨기고 있던 의미를 어렴풋이 드러낸다. 지금도 그렇지만 20대

초반에는 내 시간이 어떤 방향으로 흘러가는지, 어떤 속도로 변해 가는지에 관심이 많았다. 어떤 지점에 다다르기 위해 최단 거리를 고민하는 그런 자세. 오전의 시간이 하루를 알려면 오후의 시간을 만나면 되는 것처럼 주로 나와 다른 생각의 나들목을 마주했을 때 이상한 감정들을 느꼈다. 그때나 지금이나 그 감정의 의미에 대해, 맛에 대해 명확히 표현하기 위해서는 그것이 내 안에 충분히 녹아들기 위한 시간이 필요하다.

대학교 2학년 여름 방학 때, 경험 삼아 친구 어머니가 일하는 핸드폰 하청 조립 공장에서 2주간 아르바이트를 한 적이 있다. 라인 작업 방식이라 내 앞에 물건이 오면 핀셋으로 부품을 빠르게 끼워야 했다. 2시간 작업하면 15분 휴식 시간이 생기는데 그때 내 앞에 있던 대학생 언니들은 '내가 여기서 뭘 하는 거지?'라며 그 시각, 다른 곳에서 알찬 스펙을 쌓고 있을 또래들을 부러워했다. 이곳의 작업 시간이 굉장히 더디게 흘러가는 만큼 이곳에 앉아 일하는 우리도 그에 맞춰 세상에 뒤처지고 있는 기분이 들었다.

처진 기분을 달래기 위해 자판기 커피를 마시고 들어오는 길, 반대편 라인에 앉은 아주머니 한 분께서 편지를 뚫어져라 읽는 걸 보았다. 얘기하는 걸 들어보니 중국으로 유학 보낸 자녀가 쓴 편지였다. 누군가에게 아주머니의 속도는 멈춘 것처럼 보일지 모르지만 그 대신 아주머니의 자녀들은 세상의 변화에 발맞추기 위해

빠르게 달리고 있겠지. 세상의 속도에 맞춰가는 사람들 뒤에는 누군가의 '멈춤'이 늘 담보처럼 잡혀 있는 것인가. 그런 방식으로 빠르게 달려야 할 이유가 심장에 별처럼 내려앉는 것인가.

어떤 공간에서 일하는가에 따라 내게 스며드는 생각의 맛이 달랐다. 마트에서 아르바이트를 하다 만난 친구는 곧 공단에 위치한 공장에 취직할 거라며, 자기소개서를 봐 줄 사람이 없으니 한 번 읽어봐 달라고 부탁했다. 반면 사무직 아르바이트를 하다 만난 친구는 휴학하고 교환 학생이나, 어학연수를 갈 생각이라며 한참을 자신의 달뜬 미래에 대해 얘기하곤 했다. 같은 공간에서 일하지만 그곳이 도착지인 사람과 그곳이 정류장인 사람의 태도는 달랐다. 방향성, 가능성의 잣대가 엄연히 벽처럼 존재하고 있었다.

결과적으로 나는 이러한 경험을 하고 나서 가능한 한 육체 노동 아르바이트는 하지 않겠다고 다짐했다. 월급에만 만족하는 순간 비전 없는 청춘으로 머무르게 될지도 모른다는 공포가 싹텄기 때문이다. 그 이후로는 이 손톱만 한 경험을 고생담으로, 추억담으로 포장하며 악착같이 그 세계에서 멀리 떨어지기를 희망했다. 당시에는 내가 열정과 시간을 바치는 공간을 목적지로 바꾸고 싶은 마음이 매우 컸다. 그때 마신 커피는 내게 '빛'이 아닌 두 가지 '빚'을 남겨주었다. 하나는 내가 멈춰 있으면 누군가는 나를 위해 쉼 없이 자신을 희생한다는 데서 오는 부채감. 다른 하나는 여기에 오래 머물면 목적지로 가는 기회를 놓쳐버릴 수도 있다는 초조함이었다.

"때는 너를 기다려주지 않아." "시간은 너를 기다려주지 않아." 라는 말 속에서 내 밖으로 무엇이 부딪치고 내 안에 무엇이 녹아들어갔는지 되돌아볼 여유가 없었다. 나라는 사람에게 현재 담긴 것과 세상의 풍경과도 같은 벽이 반대 방향에서 달려와 부딪칠 때, 마음에 무언가 한 방울씩 맺혔던 것 같다. 맺힌 것에는 유익한 성찰도 있지만, 지독한 편견도 섞여 있다. 빨리 세상에 녹아들기 위해서 우리라는 열기는 당연히 얼음을 견뎌야만 한다고 생각했다. 그렇게 견뎌내면 언젠가는 자기만의 향기나 철학을 갖게 될 거라 생각했지만, 그게 말처럼 쉬운 일은 아니지 않은가. 우려내고, 걸러내고, 따라놓으려면 많은 시간이 흐른 뒤에야, 오늘을 그날이라고 부르는 날이 되어서야 조금이나마 자신을 찬찬히 음미할 수 있다.

돌이켜보면 정류장에서 마신 커피는 늘 기회의 버스가 얼마간의 배차 간격을 하고 있는지, 운행 속도는 어떤지 확인하며 마시는 커피였다. 아직 더 담아야 하는데 너무 이르게 벽과 부딪치고, 담아낸 게 많은데 누군가 그 안에 들어와 녹지도 않은 시점에 마시는 커피. 자기 안에 무언가를 담을 기회가 또는 부딪칠 기회가 좀처럼 주어지지 않는 상황에서 내 안의 무엇이 강렬히 뛰고 있는지, 내 생각과 감정이 어떠한지를 미세하게 걸러내 줄 경험적 잣대 또한 세워지기 어려웠다. 생각이 많으니 기회와 가능성에 대한 두근거림보다 걱정과 불안이 커 마음이 무거웠다.

커피마다 혀에 닿는 바디감이 다르듯 자신이 자신을 짊어질 때 느끼는 생의 바디감이, 무게가 저마다 다르겠지. 무언가 그 안에 들어와 녹고 있기 때문에 아직 간이역 불빛으로 남아 있는 건지, 홀로 간이역 불빛으로 남았기에 누군가는 그 안에 들어가 함께 녹아줘야 하는 건지. 때가 되길 기다려야 하는 건지, 뒤처졌기에 기다림을 자처해야 하는 건지.

우리의 생각이 둘 중 어느 방향으로 스미고 있는지가 우리의 향기를 말해주는 걸까. 아니면 그때 짊어졌던 고민의 무게를 말해주는 걸까. 늘 시간의 방향에 대해 이토록 고민하며 불안해했던 그때. 오늘 마시는 커피엔 얼마나 많은 나의 '그날'이, 얼마나 많은 이들의 '그날'이 침묵이란 농도로 녹아들어가 있는 걸까.

#오늘의_커피가_의미를_드러내는_그날까지 #오늘을_그날이라_부르게_될_날까지 #하루_빨리_세상에_녹아들고_싶은_믹스_커피의_희망

대소사

└ 윤성학

    오늘 조간신문에서 대소사大小事라는 말을 보니 쓸쓸하다. 크고 작은 일들이 세상에는 너무나 많이 생기고 있는 것이다. 세상에는 늘 일이 생기는 것이니 그것 때문에 쓸쓸한 것은 아니다. 사건이 하나 생기면 그 크기와 무게를 재어 다른 사건과 비교한다. 대사大事가 생기면 거기서 소사小事가 생겨나고 소사小事가 또 대사大事를 만들어내는 것이다. 내가 쓸쓸하다고 느낀 것은, 나에게는 대소사가 없기 때문이다. 내 하루는 늘 그저 그런 일들뿐 큰일도 작은 일도 생기지 않는다. 벌써 몇 년째 그렇다. 참 큰일이다.

ㄴ
텔레비전에
내가 안 나왔으면
ㄱ

　　　　　　해외여행을 다녀온 선배가 불만을 토로한다.
그 돈 주고 다시는 안 간다고. 여행 도중 가장 불편했던 점을 물
어보니 일정이 재미없어 스마트폰이라도 들여다보고 싶었는데
데이터 비용 때문에 카톡조차 확인하기가 겁났단다. 한국에 도
착하자마자 일주일간 벌어진 사건 사고 뉴스부터 벼락치기를 했
다. 그때야 고립된 뇌가 제날짜에 맞게 업데이트된 기분이 들었
단다. 어디 이런 사람이 선배뿐이겠는가. 아침저녁으로 스마트
폰만 있으면 어디서든 원하는 뉴스를 접할 수 있으니 습관처럼,
광적으로 보게 되는 건 당연하다. 특히 서로 부담 없이 가벼운
대화를 즐기기엔 안줏거리로 뉴스만 한 게 없다. 그러니 대화에
끼기 위해서라도 뉴스는 필독 사항이다.

여기서 말하는 뉴스는 신문과 TV에서 보도하는 '뉴스' 외에도, 지인들이 카카오스토리와 페이스북 같은 SNS에 올리는 근황들도 포함된다. NEWS가 북동서남과 새로움을 의미하듯 사방팔방에서 들려오는 새로운 이야깃거리가 전부 뉴스다. 그중에서도 사람들은 예로부터 비극이나 재난, 불행과 같은 이야깃거리를 좋아했으니 지금도 사회면이나 정치면에 나오는 뉴스거리들은 남 잘되는 꼴과는 거리가 먼 얘기들이다. 반면 카카오스토리와 페이스북에 올라오는 지인들의 일상 뉴스들은 너무한다 싶을 정도로 이벤트로 가득 차 있어서 신문을 보며 불행이 나를 피해간다고 좋아하다가도 페이스북을 보며 행복이 나를 발로 찬다고 분통을 터트리는 사람들이 늘어나고 있다.

대체 사람들은 이 세상 돌아가는 일에 일희일비하면서도 왜 뉴스를 읽는 걸까? 이런 질문에 대해 철학자와 소설가와 평론가와 심리학자들은 어느 정도 비슷한 의견을 내놓은 듯하다. 사적 문제에서 도피하기 위해 공적인 문제로 시선을 돌리는 거라고. 권태로운 일상에 유일한 사건이 뉴스인 셈이다. 《남자의 물건》을 쓴 김정운 교수도 사람들이 신문과 TV를 보는 건 이야기하고 싶은 욕망이 있기 때문이라며, 누구를 만나 얘기하고 떠들고 싶은데 할 말이 없으니까 '소재거리'를 다른 곳에서 찾는 거라고 설명한다.

입에서 입으로 전해지는 뉴스를 만들기 위해 뉴스는 프레임을 거친다. 그 프레임 속에는 현실보다 더 현실처럼 보일 만한 뉴스로서의 리얼리티와 스펙터클이 있다. 이 스펙터클에 가장 어울리는 기사 섹션이 있다면 그건 아마도 화려한 볼거리로 가득 찬 연예 섹션일 것이다. '연예인 걱정이 제일 쓸데없는 걱정'이라는 말도 있지만 사실 대부분의 사람이 기사를 클릭하는 건 그들을 걱정하기보다는 그들을 갈망하고 질투하는 감정을 크게 느껴서다. 이런 연예인에 대한 질시가 적나라하게 드러나는 곳은 포털사이트의 댓글 창이다.

포털사이트에서는 댓글 많은 기사를 따로 분류해 순위까지 매겨준다. 사실 그런 기사들이 다루는 사건은 사람들이 그 일과 관련해 토로할 게 많거나 훈수를 좀 두고 싶거나, 글로라도 욕을 좀 퍼붓고 싶게 만드는 것들이다. 그러니 요즘 뉴스를 읽는다는 건 기사뿐 아니라 그 밑에 달린 댓글까지 읽는 걸 의미한다. 댓글 보기만 클릭하면 곧장 네티즌들의 반응까지 볼 수 있고 이 댓글만으로도 충분히 뉴스거리가 된다. 안 보면 속이 답답할 정도다. 그래서 클릭하면 예상대로 온갖 음담패설과 인신공격이 버무려진 댓글들이 곳곳에 진을 치고 있다.

이런 사람들을 향해 참 할 일 없이 한심한 짓을 한다고 손가락질하는 사람들도 있다. 하지만 알랭 드 보통은 그 행위를 욕할 게 아니라, 그들이 왜 그렇게 하는지 생각해볼 필요가 있다고 말한다. 평범한 삶을 살면서 품위에 대한 자연스러운 욕구를 충족할 수 없는 사회에서는 부와 명성을 가진 셀러브리티에 대한 이중적 감정이 극단적으로 표출된다. 하나는 찬양으로, 하나는 혐오로. 가진 자와 못 가진 자의 격차가 큰 사회일수록 명성을 가진 이들을 향한 질시와 폭력이 늘어난다. 이 과정에서 또 다른 세상의 '대소사'가 만들어진다.

쉽게 명성을 가질 수 없기에 우리는 '뉴스'를 뒤적거리며 세상의 대소사를 꿈꾸고 갈망한다. 이런 갈망은 어릴 때부터 예외가 아니어서 '텔레비전에 내가 나왔으면 정말 좋겠네'라는 동요 가사를 밥 먹듯 불러대곤 했다. 그때는 장래 희망이 뭐냐고 물으면 한 반에 10명쯤은 대통령이라는 답이 나오는 시기였으니 잘만 하면 나도 텔레비전에 나올 만큼 성공할 수 있으리라는 자신감이 바닥에 깔려 있었던 것 같다. 하지만 천재병, 영재병을 두루 거쳐 중2병에 도달하는 게 대한민국 청소년들의 순서. 나이가 들수록 감당해야 할 이상과 현실의 낙차는 상당하다.

그러다가 성인이 되고 텔레비전에서 '청년 실업률 역대 최고, 공무원 경쟁률 역대 최고, 30대 미혼율 역대 최고, 캥거루족 늘어나, 중장년층 취업은 오히려 상승'이라는 헤드라인 뉴스가 나오면 "우리 때는 어떻게 해서든 먹고살려고 했는데, 요즘 것들은 배가 불렀지."라는 어른들의 꾸짖음이 시작된다. 그 꾸짖음이 텔레비전에 나오는 이들을 향한 것인지, 그들과 다를 바 없는 나를 향한 것인지 모호해져 버리는 상황이 온다. 곧이어 '낙하산 취업, 금수저 흙수저, 부모 스펙으로 로스쿨 입학'이라는 뉴스가 나오면 부모님은 채널을 황급히 돌리다가 급기야 서로를 불편하게 만드는 텔레비전을 꺼버리고 만다. 어느새 거실에 앉아 있던 자녀는 제 방에 들어가버리고 없다.

우리는 '뉴스'를 뒤적거리며 방관자적 태도를 즐기지만 뉴스에 자신의 분신이 나오는 순간, 뉴스를 접하는 태도가 달라진다. 내가 통계 수치에 일조한 1인이라는 사실에 씁쓸함과 소속감이 교차한다. 더불어 왜 이 사건이 조그맣게 치부되어야 하는 건지, 왜 그 많은 매체는 이 사건을 더 자세하게 다루지 않는 건지 내 인생에 벌어진 '대소사'가 '소사'로 처리되어야만 하는 현실에 분통이 터지다가도 이보다 더 시급하고 심각한 일들이 있을 거라며 위안을 삼기도 한다. 예전에는 하루하루가 똑같아서 뉴스에 의존했고, 취업 준비생일 때는 면접 단계에서 시사 상식을 물어볼까 봐 뉴스를 정독했지만 이제는 사건 사고를 피하기 위해서 뉴스를 본다.

시인은 삶에 대소사가 없어 큰일이라고 하지만 나는 암만 생각해도 뉴스 속 '대소사'보다는 '소사'도 '대소사'도 없는 권태로운 평화가 낫지 싶다. 텔레비전에 나오는 것이 정말 좋을 줄 알았던 때에서 텔레비전에 나오는 것이 꼭 좋은 것만은 아니라는 걸 알 만큼 커서일까. 성공해서 뉴스에 나오는 건 아주 낮은 확률이다. 죽을 때까지, 뉴스에 나오는 사건의 피해자로도 가해자로도 얽히지 않는 게 오히려 '대소사'다. 행복을 위해 일상의 리추얼은 필요하지만 일상을 넘어서는 규모의 사건을 부러워한다는 건 영화 속 주인공의 피로를 부러워하는 것과 같지 않을까. 그러니 '뉴스' 속 '대소사'와 나의 '소사'를 번번이 비교하지 말자. 크기와 무게에 일희일비하지 말자. "내 하루는 늘 그저 그런 일들뿐 큰일도 작은 일도 생기지 않는다. 벌써 몇 년째 그렇다. 참 큰일이다."라는 구절을 곱씹으며 나 같으면 "참 큰일이다" 대신 "참 다행이다"를 썼을 거란 생각도 해본다. 태평성대가 따로 있나. 무소식이 희소식이라는 말도 있는데.

#텔레비전에_내가_안_나왔으면 #정말_좋겠네 #소사도_대소사도_없으면 #정말_정말_좋겠네 #아_정말_괜찮다니까요

시인은 삶에 대소사가 없어
큰일이라고 하지만 나는 암만 생각해도
뉴스 속 '대소사'보다는
'소사'도 '대소사'도 없는
권태로운 평화가 낫지 싶다.

경직

└ 조은

병든 어머니를 목욕시킨다

푸석푸석한 머리를 감기고

야윈 팔과 다리, 등과 가슴

발바닥과 겨드랑이

탯줄이 달렸던 배꼽

내 탄생의 입구까지

따뜻한 물로 씻는다

삶을 움켜쥔 자의 몸이

이토록 뻣뻣하다는 사실에 놀란 내게

어머니는 순종적이다

어머니를 씻기며 나는

순종해서 얻을 것들을 생각해본다

순종해서 잃은 것들을 생각해본다

순간의 순종과 영원한 순종을 생각해본다

어머니의 평생에 붙던

순종의 바람에 화가 나서

머리를 치켜들고 샤워기를 튼다

깜짝 놀란 어머니가

잡고 있던 내 팔을 놓친다

어머니의 체중이 실렸던

팔이 뻣뻣하다

ㄴ
우리가 서로 잡은 손을
놓지 않도록
ㄱ

어려서부터 씻기 싫어했던 나는 엄마와 함께
목욕탕에 가는 게 싫었다. 엄마는 내 등을 밀어줄 때면 사람들이
다 쳐다볼 정도의 큰 목소리로 내게 때가 너무 많다고 잔소리했
다. 그것뿐인가. 팔과 배에서 하얀 때가 안 나올 때까지, 붉은 반
점이 오돌토돌 올라올 때까지 살갗을 문질렀으니 나는 엄마의 손
아귀에 있는 동안에는 고통 가득 비명을 질러야 했다. 평소에 깨
끗이 씻으라는 무언의 경고였다.

초등학교를 졸업하면서부터는 엄마가 아닌 할머니와 함께 목
욕탕에 갔다. 엄마의 대패질을 피할 수 있었지만 뚱뚱한 내가 뼈
밖에 안 남은 할머니 옆에 앉아 있는 일은 그 자체로 사춘기 소
녀에게 부끄러움을 안겨줬다. 하지만 나는 할머니에게 빌붙어

목욕탕에서 구운 계란과 요구르트를 얻어먹는 즐거움이 더 컸으
니 따지고 보면 목욕은 뒷전이었다. 두 여자의 손아귀에 있는 동
안 순종하는 쪽은 바로 나였다. '팔 올려, 일어나, 물 뿌려' 구령
에 맞춰 몸을 움직였으나 억지로 때를 밀리는 일인지라 경직된
움직임은 숨길 수 없었다. 그러면 날아오는 건 등짝 스매싱.

　순종하는 쪽에서 씻기는 사람이 된 건, 할아버지가 치매에 걸
리면서부터다. 할아버지는 살아생전 목욕탕에 한 번도 가본 적이
없을 정도로 씻기를 싫어하셨다. 그러나 나이가 들어 설사를 자
주 하시면서 위생을 위해서라도 목욕을 주기적으로 해야 했고 나
는 대야에 따뜻한 물을 받아 할아버지를 씻겨드렸다. 할아버지는
특히 물 온도에 예민하셨는데 조금이라도 차갑거나 뜨거우면 기
절초풍하셨다. 물과 친하지 않으니 비누칠을 하고, 머리를 감겨드
리는 동안에도 할아버지의 몸은 경직되어 있었다. 개구리처럼 나
온 배를 제외하고는 팔과 다리 모두 젓가락처럼 야위고 뻣뻣했다.
"삶을 움켜쥔 자의 몸이/이토록 뻣뻣하다는 사실에 놀란" 순간이
었다. 하지만 그 와중에도 할아버지는 내가 시키는 대로 팔을 들
었고, 다리를 굽혔다. 저 몸으로 그 세월을 견뎌온 건지, 그 세월
을 견뎌왔기에 저런 몸이 된 건지 순서가 아리송했다.

　목욕을 좋아하는 엄마는 2주에 한 번꼴로 플라스틱 분홍 욕
조에 물을 받아 열심히 때를 민다. 욕실에 들어간 지 30분이 지

났을 때, 등을 밀어달라는 소리가 들린다. 문을 열고 들어가면 뿌연 김 사이로 지난날 날씬했던 엄마는 어디로 가고 이제 예순에 가까운 펑퍼짐한 중년 여성이 아기처럼 욕조에 앉아 있다. 야윈 팔과 다리 대신 펑퍼짐한 엉덩이와 늘어난 뱃살이 나를 맞이한다. 복수하듯 "이 시커먼 때 좀 봐." 하며 등을 찰싹 때리고, 겨드랑이를 들어 올려 싹싹 밀고, 서비스로 옆구리 뱃살도 밀어주고. 등을 미는 동안 욕조 테두리에 기대 몸을 지탱하고 있는 엄마의 손은 경직되어 있다. 잔뜩 힘을 주고 있는데도 볼멘소리가 없다. "어머니는 순종적이다". 때수건이 내 손에 있는 동안, 엄마와 나의 순종 관계가 역전된다. "어머니를 씻기며 나는/순종해서 얻을 것들을 생각해본다/순종해서 잃은 것들을 생각해본다". 세월이 담긴 엄마의 몸을 보며, 엄마의 몸을 지탱하고 있는 손을 보며 생각한다. 지탱해서 얻은 것들을, 지탱해서 잃은 것들을 떠올려본다. 얻은 것, 잃은 것 모두 자식들 기르느라 생겼을 테니 나와 무관하지 않다.

엄마의 배에는 살이 붙었는데 손가락엔 뼈만 툭 튀어나와 있다. 발바닥엔 지진이 난 것마냥 굳은살들이 나뭇가지처럼 여러 갈래로 뻗어 있다. 집안일 때문인지 언뜻 달라진 게 없어 보이는 어깨마저도 뭉친 근육으로 단단하다. 어렸을 때 서로 등 밀어주기를 하면 엄마의 등이 태평양은 아니더라도 운동장만 하다는 느낌이었다. 그런데 이제 와 등을 밀어보니 왔다 갔다 세 번 반복이면 끝날 정도로 왜소하다. 엄마의 영토를 내가 떼어오기라도 하듯 내 손가락엔 점점 살집이 붙는다. 엄마는 미는 힘이 세다며 이젠 제법 손에도 힘이 붙은 것 같다고 말한다. 매가리 없는 손에 힘이 생겼으니 이제 뭐라도 움켜쥐고 자신을 지탱하며 살 수 있겠지. 세상의 바람에 얼마든지 순종하면서도 그 악력으로 버틸 수 있겠지. 자신의 등을 매만지는 내 손길을 느끼며 이런 걱정을 하거나 안도의 한숨을 내쉴 수도 있을 테다. 엄마의 몸은 점점 아이가 되어가는데 나는 언제쯤 엄마의 몸과 마음으로 세상을 대할 수 있을까.

엄마의 뱃살에는 검붉은 부항 자국이 선명하다. 피곤하면 아랫배가 아픈 엄마는 자주 휴대용 부항을 뜬다. 그 부항 자국이 많다는 건 엄마가 최근에 몸을 무리해서 썼다는 증거다. 요즘 들어 기침과 두통 등 잔병이 잦아지니 점차 기력이 예전 같지 않은 것 같아 그런 엄마를 향해 나는 왜 그렇게 집안일을 꼼꼼하게 하냐고 종종 소리를 지르곤 한다. 제 앞가림도 못하는 데다가 집에 얹혀사는 자식 주제에 그저 속이 상해 그러는 것이다. 늘 아무 내색하지 않는 엄마의 방식이, 아무 내색 못하는 엄마의 태도가 부항 자국처럼 내 마음에 멍으로 남는다. "어머니의 평생에 불던/순종의 바람에 화가 나서", 그리고 나 또한 순종에서 자유로울 수 없는 성격이 되어버린 것만 같아 가끔은 엄마에게 머리를 치켜드는 것이다. 어서 빨리 내가 자립을 해야 부모님의 어깨에 실린

생의 무게를 줄일 수 있을 텐데. 삶을 짊어지고 있는 부모님의 어깨에는 나의 체중도 실려 있으니 그 팔은 언제나 뻣뻣하고, 나무 기둥처럼 거칠어지기만 한다.

세상의 풍향에 세상의 풍토에 어떤 자세를 취하고 살아왔느냐에 따라 인생도 경직된 몸처럼, 바람에 비틀린 고목처럼 한 방향으로 틀어진다. 세상살이라는 미명 아래 몸의 한구석을 동내고 축내는 건 고칠 수도 없는 문제. 그러니 일주일 동안 세상에 순종하느라 애썼던 몸을 뜨거운 물로나마 풀어줄 수 있는 걸 다행이라 여기며 살아야 하는 걸까. 목욕을 하고 나서 축결혼, 축백일, 축환갑, 축취임, 축개업 등 지인들이 자랑스레 돌린 기념품 수건으로 겨드랑이와 사타구니와 발가락 사이를 닦는다. 살면서 손에 꼽는 이벤트 같은 날들이 닳아빠진 날들의 뭉친 혈 자리를 풀어주는 것이다.

어떨 때는 우리가 삶을 움켜쥔 게 아니라 삶이 우리를 움켜쥐고 있고, 더 나아가 서로가 서로의 팔을 놓치지 않도록 상대를 움켜쥐고 있는 게 아닐까 하는 생각이 든다. 우린 서로에게 눈물 나게 순종적이어서, 세상에 순종하며 살아가는 건지도 모른다. 그랬기에 그나마 이만큼 살 수 있는 거라고 서로에게 토로하면서.

#내가_떼어온_엄마의_영토 #얹혀사는_자식_주제에 #내가_빨리_자립해야 #그나마_세상에_순종하며_살았기에_이_정도지

서로가 서로를 놓치지 않게 움켜쥐는 것.
우린 서로에게 눈물 나게 순종적이어서.
세상에 순종하며 살아가는 건지도 모른다.
그랬기에 그나마 이만큼 살 수 있는 거라고
서로에게 토로하면서.

눈이 삐다

└ 손택수

눈이 삐었니, 이제 보니

뼈 있는 말

뼈가 아픈 말

눈 속에도 뼈마디가 있어

가끔씩은 눈도 삐고 볼 일이다

무심히 보는 것에도 허방이 있으니,

발목을 접지르는 눈길이 있으니

보는 일이

예사 아니다

함부로 보는 일에 다

뼈를 받치는

바닥이 있었구나

눈이 삐었니, 그래

어쩌다 한번은 눈이 삐어서

절뚝거리고 싶다

더듬거리고 싶다

내 그냥 스쳐온 풍경들

내딛는 통증으로 문득 환해져서

└
나를 받쳐주는
적금식 아름다움
┌

좀처럼 눈이 삐지 않았다. 나이를 먹어도 눈은 삐는 대신 흐릿해지거나, 침침해지거나, 건조해져만 갔다. 한창 TV 드라마에 빠져 시력이 나빠지는 줄도 몰랐던 초등학교 시절, 시력 검사나 받아보려고 간 안과에서는 시신경이 안 좋다며 일주일간 병원에 와서 안압 검사를 받아야 한다고 했다. 믿을 수 없어 다른 병원에 가보았더니 그곳에서도 안압이 높게 나왔다며 녹내장 검사를 해보자고 권했다. 결과를 본 의사는 우선 안경을 맞추고, 한 달에 한 번 안압 검사를 해야 한다고 했다.

버스를 타고 집으로 돌아오는 길에 창문으로 보이는 풍경들이 새삼 달리 보였다. 그때가 사춘기의 시작이었나. 눈물이 나올 것만 같았다. 집에 와서는 앨범을 펴놓고 그 속에 붙은 사진들을 뚫어져라 쳐다봤다. 흔한 사진들이 영화 속 한 장면처럼 눈에 들어왔다. 꼬꼬마 시절의 내가 새삼스레 아름답게 보였다. 이 모든 걸 볼 수 없게 될지도 모른다고 생각하니 너무 무서웠다. 다행히, 난시용 안경을 쓰면서부터 안압이 줄어들었다. 성인이 되어 받아본 정기 검진에서도 별 이상이 없다고 나왔다. 생각해보면 별일 아니지만 당시에는 의사 선생님의 '녹내장' 발음이 슬로우 모션으로 느껴질 정도로 충격적이었다.

시간이 흘러 안압은 사라졌지만 그 대신 눈물도 사라졌다. 가끔 다섯 살배기 조카들의 눈물 투정을 보면, 그 조그만 눈은 동파 걱정도 없는 수도꼭지구나 싶다. 화가 나서, 슬퍼서, 짜증 나서, 미워서 별의별 감정들이 다 눈물로 표출되니 원래 눈에 물이 저렇게 많은 건지 놀라울 뿐이다. 조카들의 연기 대상감 눈물 연기를 보면서 눈의 퇴화한 기능에 대해 생각해본다. 시력 감퇴는 당연한 얘기고 이제는 눈물 흘리는 법을 잊어버린 두 눈에 대해서. 학창 시절 영화 〈접속〉을 보며 수시로 눈에 인공 눈물을 넣는 여주인공의 모습이 도시적이면서도 낭만적으로 느껴졌는데 이젠 나도 수시로 인공 눈물을 넣는 사람이 되었다. 문제는 나이가 들면서 눈만 건조해진 게 아니라 마음도 사막처럼 건조해졌다는 점이다. 사실 눈물이란 감동이 있어야 가능한 것 아닌가. 슬픔이나 질투도 대상에게 마음이 동해야 가능한 법. 눈물을 흘려야 잠시나마 세상이 깨끗하고 뽀얗게 보일 텐데 그게 없으니 무엇을 앞에 들이밀어도 아름다워 보이는 게 없었다.

그런 내가 "아름답다"는 말을 온몸으로 체감했던 건 번번이 뭔가를 잃었을 때였다. 그러니까 나에게 예쁘고 아름다운 것은 결핍의 파생어와 다름없었다. 삐끗해서 넘어졌을 때, 그때야 세상을 보는 렌즈의 축이 기울어졌다. 예기치 못한 사건 사고로 귀중한 무엇을 잃었을 때 비로소 내가 지니고 있던 것들과 내게 남겨진 것들의 아름다움을 발견하게 됐다. 책을, 가족을, 친구를, 건강을, 돈을, 기억을, 사랑을, 직업을 잃고 나서야 비로소 그것의 아름다움을 깨닫는 일이 영화 속 주인공에게만 해당할까. 사기를 당하고 나서 아무것도 없는 빈털터리가 되었을 때 거실에서 천하태평한 표정으로 TV를 보고 있는 가족들이나 시끄럽게 내 주위를 돌며 장난치는 조카들을 볼 때 그랬다. 그 일상이, 그들이 오히려 아름다워 보였다. 혈관 운동성 비염과 천식으로 발작성 기침을 앓기 시작하면서 때때로 지하철이나 버스에서 급하게 하차해야 하는 경우가 잦았다. 수면 장애를 앓고 실내에 오래 있지도 못하는 처지이다 보니 마스크 쓰지 않고 돌아다니는 것 자체가 매우 부러웠다. 주위에 나무와 풀 천지인 우리 시골 동네를 걸을 때면 끝없는 초록에 구토가 난다고 투덜댔지만 아프고 보니 초록도 다 같은 초록이 아니라는 걸 내 눈이 알아보고 있었다. 내 눈에 확대경 렌즈나, 블러 필터가 끼워진 기분이었다.

평상시엔 그저 그랬던 존재들이 아프고 나면 아름답게 다가왔다. 그저 그랬던 존재들이 스노우 볼 속의 아름다운 마을처럼 눈에 들어왔다. 이건 필시 내 안의 결핍이 끼친 영향이겠지. 무엇보다 지금 내 옆에 있고 내가 누리고 있는 모든 게 언젠가 사라질 수 있다는 생각을 하면 그 한시성이, 영원 불가능성이 대상을 더 아름답게 만들었다. 영원할 수 없다는 것. 언젠가는 사라질 거라는 것. 사회 초년생 시절, 상사와의 식사자리에서 만난 40대 교수님께서는 나를 보며 뭘 해도 아름다운 나이라고 말씀하셨다. 그때 그 얘기를 들었을 때는 그 말의 의미를 이해하지 못했다. 그 나이대의 어른들과 얘기를 나누면서 "젊었을 때 나를 보는 것 같다." "마음이 아리다"는 말을 들었을 때도 그 마음을 이해할 수 없었다. 그런데 지금의 내가 어린 조카들을 볼 때면, 이 아이들이 더는 크지 않았으면 좋겠다는 생각이 들 때가 있다. 해맑게 웃을 수 있는 시간이 한시적이라는 것. 얻는 만큼 상실할 거라는 것. 이 상태가 언젠가는 눈처럼 녹아 소멸할 거라는 것. 그 사실에 가끔 눈이 시리다.

결핍과 소멸이 가장 크게 뒤섞였을 때는 사기를 당하고 다 잃었을 때, 수녀원 입회를 맘에 두고 면담을 하던 시기였다. 정말이지 눈이 삐었다고밖에 표현할 수 없다. 나는 도피처로 입회를 꿈꿨지만 그건 내가 내 무덤(허방)을 판 행위나 다름없었다. 지능, 인성 검사에서 시작해 수녀님과 면담을 할 때마다 나를 털어내고 자신과 직면해야 하는 과제는 나를 끙끙 앓게 만들었다. 정신적 피로가 상당했다. 무엇보다 입회한다 해도 종신 서원을 받기까지 대략 10년이 걸리니 웬만한 각오와 신념 없이는 엄두가 안 나는 길이었다. 한마디로 나는 그럴 만한 용기도 없었고 그럴 만한 그릇도 되지 못했다. 때론 무심히 때론 함부로 봤던 그 길에서 나는 완전히 발목을 삐었고, 내 바닥을 보았다. 그런 뒤에야 저 밖의 세상이 아름답게 보였다. 소멸할지도 모르는, 지금 내가 서 있는 이 자리에 많은 미련이 남았다. 그 과정을 통해 나를 옭아매던 그 무엇에서 조금이나마 벗어날 수 있었다. 좁았던 시야가 좁쌀만큼은 확장될 수 있었다.

이처럼 뒤늦게 나타난 아름다움은 두 가지 방향으로 나의 오늘에 살아갈 힘을 실어줬다. 쇼펜하우어가 말했듯 아름다움은 나를 나 자신으로부터 떼어놓아서 잠시나마 나를 옭아매는 의지에서 해방될 수 있도록 도와준다. 정신 줄 놔버리게 하는 아름다움 앞에서 견디기 힘들었던 시간은 그대로 멈춰버린다. 그러고 나면 세상에 정 줄 게 이렇게 많았나 싶어 삶을 향한 미련도 많아진다. 《스피노자의 뇌》를 쓴 생물학자 안타니오 다마지오는 모든 생명체는 자동으로 자신의 문제를 해결할 수 있도록 설계된 도구를 가지고 태어난다며 항상성의 힘을 강조했다. 사람은 본능적으로 감정의 균형을 맞추려 노력한다. 그리고 균형을 맞추는 데 유용한 것이 바로 내가 아름답다고 여기는 것들의 목록이다. 하는 일이 안 풀리고, 이대로 내 삶이 주저앉을 것 같고, 시궁창 같은 현실에 번번이 눈이 삔다 해도 내 뼈를 받치고 있는 아름다움의 바닥 덕에 일어날 수 있었다.

하지만 아름다움을 발굴하기 위해서 매번 이 골치 아픈 아픔을 딛고 지나가야 한다면 그거야말로 어떻게든 피하고 싶다. 다행히 시인은 "어쩌다 한번은 눈이 삐어서"라는 전제를 달아놓았다. 허나 일상에서 자신의 감정을 회복시키기 위해 꼭 이러한 허방에 빠질 필요는 없다. 그 허방이 자신을 성장시키긴 하겠지만 꼭 성장이 아닌 그냥 지금 이 자리에 존재하는 것만으로도 대단한 일이다.

엄청난 아름다움이 아니라도, 나중에 눈이 삐었다며 민망해할지라도 지금 당장 우리의 일상을 받쳐줄 아름다움이 있다면 그것만으로도 충분하다. 나는 블로그에 내가 좋아하는 것들의 리스트를 올려놓고 수시로 업데이트한다. 슈테판 츠바이크, 미셸 공드리, 나카시마 테츠야, 장 다르덴, 이키 카우리스마키 등. 가끔 스크롤을 내리면서 내가 그때 왜 이 사람들의 작품을 좋아했는지, 왜 그들에게 호감을 품었는지 회상한다. 그때 아름답다 여긴 것이 지금도 아름다울 리 없지만, 그래도 난 이 리스트에서 그때를 버티게 해준 것들의 역사를 읽어 내려간다. 그 역사를 읽다 보면 나라는 인간이 A에 눈이 삐었다가, 또 새로운 것에 눈이 삔 변덕의 파도타기를 타고 있음을 깨닫는다. 이럴 때는 아름다움의 목록이 교체되는 게 아니라, 확장된다고 생각하면 그만이다.

벌집에 꿀을 채우는 일벌처럼, 10년째 소액 적금을 붓고 있는 사람처럼 아름다움이라도 티끌처럼 모아놔야 힘들 때 보험처럼 꺼내 쓸 수 있다. 앞이 깜깜할수록, 미래에 대한 불안이 치솟을수록 세상이 아름답다는 것을 증명할 무언가를 찾고픈 마음이 짙어지는 게 인간의 본능이다.

누구나 마음에 겨울이 있어서 빨리 그 겨울의 한파가 끝나기를 바란다. 하지만 내린 눈이 꽁꽁 얼어 빙판이 되고 그 빙판이 걷는 이의 발목을 삐게 하듯, 마음에 들이닥친 겨울 한파도 마음을 삐게 하고, 절룩거리게 하고, 넘어져서 주변을 더듬거리게 만든다. 그렇게 겨울을 나면 눈이 녹고 그 자리에 핀 아름다운 꽃을 발견하게 될 것이다. 지금 무엇에 눈이 삐어 있는가. 어떤 아름다움 앞에서 절뚝거리고 있는가. 실은 그 아름다움이 오늘의 나를 받치는 바닥일지도 모른다. 그렇게 서로를 아름답다 여기면서 절룩거리는 서로를 기어코 부축하며 걸어가고 있는 걸지도 모른다. 기꺼이 서로의 바닥이 되어.

#결국_우리에게_남는_건_개취뿐 #눈이_삐었대도_괜찮아 #나를_버티게_해준_덕질_리
스트 #기꺼이_바닥이_되어줄게

모래의 책
└ 강미정

그 중 한 페이지를 넘기면

당신이 나를 업고 모래사장을 걸어간다

한 발 두 발 푹푹 발이 빠진다

이렇게 발 푹푹 빠지는 웅덩이 같은 시간을

이렇게 무겁게 휜 등짐 같은 계절을 업고

당신이 간다

푹푹 파인 무수한 발자국 위에

뚜렷하게 당신발자국을 겹치며 간다

모래가 덮이는 발자국

떨림이 되어 스미는 발자국

내 등에 업힌 너의 무게는

깃털이 되어 가볍게 날아가는 무게지

두 발 푹푹 무겁게 빠지는 모래의 무게지

반은 날숨으로 반은 울음으로

가늘게 울리던 당신목소리가

당신 등을 타고 내 가슴으로 전해진다

내가 당신에게 막막한 무거움일 줄을

당신을 업혀보지 않고 어찌 알았겠는가

아득히 멀던 당신의 무게도

당신이 나를 업었던 한 페이지에 남아

점점 가벼워졌을까

나를 업은 당신만이 푹푹 두 발 빠지며

모래사장을 걸어간다

* 모래의 책 : 호르헤 루이스 보르헤스가 쓴 동명 소설에 등장하는 책으로 시작과 끝 페이지를
구분할 수 없는 성경책을 가리킨다. 무한함, 영원성의 상징물. 그 어떤 페이지도 첫 페이지가
될 수 없고 어떤 페이지도 마지막 페이지가 될 수 없다.

책에 기대 청춘의
모래사장을 간다

        내가 책에 발목 잡힌 건 고등학교 1학년 때다. 당시 지구과학 선생님은 수행 평가로 김진명의 《무궁화 꽃이 피었습니다》를 읽고 독후감을 제출하라고 말했다. 아마도 선생님은 이 책을 통해 핵에 대한 경각심이 높아지길 원했을 테지. 하지만 죄송하게도 우리의 관심은 핵이 아닌 러브신이 나오는 페이지에 가 있었다. 야간 자율 학습 시간에 읽는 러브신은 왜 이리도 꿀맛인지. 시험 기간에 읽는 책은 왜 이렇게 달콤한지. 난 그 책을 시작으로 김진명 작가의 소설을 쭉 찾아 읽었고, 역사 소설에 대한 관심은 역사 드라마에 대한 관심으로 이어졌다. 그렇게 해서 내 장래 희망 리스트엔 드라마 작가가 포함됐다. 방송에 대한 관심은 결국 나를 신문방송학과로 이끌었다. 그런데 전공만 신문방송학과면 뭘 하나. 문화적 교양이 없는 걸. 늘 텔레비전만 봤을 뿐, 내 머리엔 기초적인 문화 지식조차 전무했다. 소설과 영화에 대해 온갖 지식을 쏟아내는 사람들을 보면 저들이 어려서부터 받아온 문화적 세례가 상당할 거란 생각에 괜히 주눅이 들었다.

그래서 책을 열심히 읽겠다고 다짐했다. 명색이 콘텐츠 만드는 게 꿈인 사람이 기초 체력이 없어서야 쓰나. "직업적 DB를 쌓기 위해서라도 꾸준히 책을 읽어야만 했다."라고 쓰는 게 표면적 이유이긴 하나, 솔직히 말하면 이게 다 지적 허세였다. 아는 게 많은 사람, 지적인 사람이 되고 싶었다. 그래서 대학 때도 니체의《차라투스트라는 이렇게 말했다》를 들고 다니며 철학과 전공 수업을 듣곤 했다. 그저 지적으로 보이고 싶어서. 좀 더 솔직히 말하면 경험에 대한 열등감 때문이었다. 나는 겁이 많고, 움직이는 걸 귀찮아했으며, 돈도 궁했기에 세상의 겉면이라도 맛볼 요량으로 도서관에 앉아 '간접 경험'의 모래 속에 턱밑까지 파묻혔다.

20대 초반에 읽은 책들은 경험의 열등감을 극복하기 위한 수단이었고, 권태로움을 잊게 해주는 마약과도 같았다. 책은 내게 젖줄이자 밥줄이었다. 마음의 자양분이면서도 미래의 밥벌이를 위한 투자처였다. 양이 질을 결정한다는 말처럼 책을 많이 읽을수록 자연스레 양서를 접할 확률이 높기에 책을 꾸역꾸역 읽었다. 넓진 못하고 깊기만 한 것을 피하고자, 자기 연민에 빠지지 않으려고 일부러 다양한 분야의 책을 돌아가며 읽었다. 최소한 분야가 다른 책 3권을 동시에 읽다 보면 내가 우물 안 개구리라는 걸 시시각각 깨닫는 데 유용했다. 내 상처를 알아주는 독서는 가능한 피했다. 그러한 독서는 내 생각과 행위를 정당화해줄 변호인들을 방만하게 모으는 일과 다름없다고 생각했다. 끝없는 연쇄 독서가 내 20대를 채웠지만 막상 시간이 지나면 어제 읽은 책도 기억 못하는 경우가 허다했다. 그렇게 시간이 흘러 이걸 어디에다 써먹나 싶은 생각이 들었다. 지금껏 읽은 책이 손가락 사이로 빠져나가는 모래알처럼 여겨졌다.

책은 사람을 알게 하고, 깨우고, 뒤흔든다. 그런데 문제는 그 다음이다. 그걸로 뭐하지. 책이 밥 먹여주나. 정말 책을 읽으면 성공할 수 있나. 성공의 정의가 사람마다 다르겠으나 어찌 됐든 성공에는 경제적 지위 외에도 자아실현, 명예와 같은 사회적 지위도 포함되어 있다. 돈이나 명예나 지식이나 결국 다 목적 지향 아닌가. 나는 책이 성공으로 가는 유일한 사다리는 아니라고 본다. 책 안 읽고도 돈 많이 벌고 자기 분야에서 오랜 기간 경력을 갈고 닦아 성공한 사람들이 부지기수다. 오히려 책을 읽으면 알면서도 내가 할 수 있는 게 없다는 무력감이 더 커질 수도 있다. 그래서 난 한때 책을 탓했다. 내가 이 모양, 이 꼴이 된 건 다 책

때문이라고. 그런데 생각해보니 책은 죄가 없다. 책이 무슨 죄겠는가? 원래 나란 인간이 생각만 많고 실천을 하지 않는 사람인 것을. 그래도 그나마 책을 읽어서 이 정도는 하는 거라고 생각할 따름이다.

　결국 나는 책이란 결과를 끌어주는 게 아닌, 함께 미답을 찾아가는 존재라는 생각을 하게 됐다. 실제로 진짜 감동을 주는 책들은 뭔가에 부딪혔을 때, 같은 아픔을 대신 말하고 함께 걸어갈 수 있는 책들이다. 그럴 때 난 책을 약처럼 삼켰고, 책은 건전지가 되어 시간을 흐르게 했다. 다치바나 다카시의 《우주로부터의 귀환》을 통해 중요한 건 경험의 크기가 아니라 그 경험에서 의미를 길어내는 태도라는 걸 배우고 나서야 경험에 대한 열등감에서 조금이나마 벗어날 수 있었고, 내가 가야 할 길이 어디인지 고민할 때에는 헤르만 헤세의 《나르치스와 골드문트》를 읽으면서 함께 방황했다. 그렇게 책을 읽어서 무엇을 이루었냐고 묻는다면 할 말이 없다. 다만 책으로 무엇을 건넜느냐고 묻는다면 나는 강미정의 〈모래의 책〉을 답으로 건네고 싶다. 내가 책에 업혀서, 책이 나에게 업혀서 "반은 날숨으로 반은 울음으로/가늘게 울리던 당신 목소리가/당신 등을 타고 내 가슴으로 전해진다".
　현실적으로 얘기하면 우리 사회에서 내 목소리에 귀 기울이고 누군가의 울음, 생각, 처지에 공명하는 건 앞으로 나아가는 데 장애가 된다. 마음 여린 친구와 대화하다 사회에서 성공하려면 사이코패스가 되는 게 나을 거라는 얘기를 한 적이 있다. 상처받지 않고 오로지 목표에만 집중할 수 있는 냉철함의 결정체. 아예 공감 능력이 없다면 일의 속도를 저해하는 인간의 감정에서도 해방될 수 있으니까. 그런 점에서 나와 타인의 감정을, 저 밖의 세상을 확인시켜주는 책은 오히려 성공을 가로막을 수도 있다. 그런데도 우리는 장애가 될 그 감정들을 굳이 책을 통해 확인하려 든다. 무당처럼 대신 한풀이를 해주는 책의 문장 속에서 표현할 길이 막막했던 제 심정을 발견하려 든다. 어떤 어려움에도 초연하고 무뎌지고 눈 깜빡하지 않는 어른이 되고 싶어 하면서도, 다른 사람의 심정을 조금 더 이해해보려는 의지를 포기하지 않으려 한다. 이런 의도로 책을 읽는 시도는 서로가 서로에게 마음의 짐이 될 가능성이 높다. 그럼에도 책에 적힌 타인의 아픔을 업고 가는 행위는, 내 가슴에 타인의 목소리가 전해지는 과정을 통해 무뎌져 가는 나의 감수성을 복원한다.

좋은 책은 도끼처럼 우리 안의 굳어 있는 세계를 깨뜨리지만, 난 개인적으로 한 권의 책이 누군가의 인생을 변화시킬 만큼 큰 파급력을 지니고 있다고 생각하지 않는다. 어차피 한 권의 책은 한 사람의 생각일 뿐이니까. 하지만 내가 모래의 길을 걸어갈 때 번갈아 등을 내주었던 한 무더기의 책은, 아이스버킷의 얼음무

더기처럼 육중한 손길로 내 몸을 흔들어 깨웠다. 간접 체험이 지나고 나면 천천히 회복되는 내 몸의 감각점들이 더 선명해진다. 열심히 걸어도 파도에 파묻히는 모래 발자국. 모래시계 속 모래는 떨어지는 순간 다시 뒤집히는데, 아무 결실이 없을 수도 있는 그 모래사장을 책(작가)과 독자는 서로를 업어주며 걸어간다. 앞서 걷던 이의 발자국을 미답처럼 내놓으면서. 모래성 같은 나의 세계를 가끔은 무너뜨리기도 하면서. 성공의 발목을 잡는다고 여겼던 책이 내 손목을 쥔 채로 나를 앞으로 끌어당긴다.

#책은_나를_더_버티게_해줘 #내_고통만이_세상의_전부가_아님을 #이_책의_마지막_페이지도_누군가에겐_첫_페이지가_되기를

ㄴ
에필로그
시가 선물해준
당신과 내 청춘의 기념일
ㄱ

　　얼마 전 글을 쓰려고 인근 국립대학교 도서관
열람실에 들렀다가, 한 무리의 학생들이 휴게실에서 하는 이야기
를 듣게 됐다. 그들은 '미래관'이라 불리는 학교 신축 건물을 바라
보면서 "근데 왜 내 미래는 보이지 않냐" 하며 한숨 쉬었다. 나도
마음속으로 맞장구쳤다. '내 미래도 별반 다를 바 없는데…….' 한
참 이야기하던 그들은 서로에게 "시간이 해결해주겠지. 잘될 거
야."라는 말을 주문처럼 던지고는 밖으로 나갔다.

　　정말 시간이 지나면 해결될까. 잘되려면 우리는 도대체 얼마
나 더 많은 시간을 보내야 할까. 기약 없이 쏟아부어야 하는 노
력에 신물 나도 그것 말고는 방법이 없어 다시금 그 노력에 희망
을 거는 우리. 그 학생의 말은 20대를 지나온 내게 한 가지 화두

를 던져줬다.

줄탁동시啐啄同時. 병아리가 세상 밖으로 나올 수 있도록 어미 닭은 알 밖에서, 병아리는 알 속에서 동시에 부리로 알을 쫀다는 의미다. 사실 나는 몇 년 전만 해도 알은 자신의 힘으로만 깨야 한다고 생각했다. 독립적이고 전투적인 청춘의 이미지에 나를 끼워 넣고 싶었던 건지도 모른다. 그래서 늘 쉽게 지쳤다. 힘든 속내를 이야기하고 싶었고, 이해받고 싶었던 적도 있었다. 하지만 자존심 때문에, 누군가에게 짐이 되지 않기 위해 기대지 않으려 애썼고 감정도 숨겼다. 혼자서만 꼿꼿이 버티고 서서 살아보겠다고 한 것, 이제 와 조금은 후회된다. 도움이 필요할 때 도와달라고 말할 줄 아는 용기도 청춘의 특권이란 걸 왜 몰랐을까.

병아리가 세상 밖으로 나가기 위해 알 속에서 스스로 부리를 쪼는 것은 중요하다. 하지만 그 못지않게, 때로는 알 밖에서 함께 부리를 쪼아줄 어미 닭도 필요하다. 연약한 존재일수록 오래 살아남으려면 더불어 살 존재가 필요한 법이다. 우리는 모두 조금씩은 연약한 존재이므로. 내 힘만으로 되지 않는다는 걸 인정하고 누군가의 도움을 받아들이면 된다. 그리고 감사한 마음으로 나 역시 누군가를 도우면 그뿐.

한때 나는 알 밖에서 부리로 알을 쪼는 어미 닭이 나보다 나이 많은 어른이라고만 생각했다. 그런데 그런 존재는 부모, 친구 할 것 없이 나를 이끌어주는 조력자라면 누구라도, 사람이 아닌 그 무엇이라도 될 수 있다는 것을 깨달았다. 내가 세상 밖으로 나가려고 안간힘을 쓸 때 함께 알을 쪼아주고 살면서 힘들 땐 품어주기도 하는 어미 닭 같은 존재. 내겐 그것이 바로 시였다.

외계어만 같았던 시가 내 삶을, 내 마음을 비추는 거울이 되면서 신기하게도 시를 읽으면 그때는 몰랐던 감정의 흔적들이 뒤늦게 반짝였다. 숨기기 위해 애썼던 마음들이 팡 하고 터져버린다고 해야 하나. 아무 의미 없이 허송세월에 불과하다고 여겼던 시간이 시를 찾아 읽고, 글에 나를 풀어내면서 유의미한 시간으로 채색됐다. 공백 많은 나의 달력에 오랜만에 수십 개의 기념일을 동그라미 친 기분이다. 글을 쓰면서 감사한 분들도 많아졌다. 시를 수록할 수 있게 허락해준 시인분들, 참고한 책의 저자분들, 이 책에 주연급 캐릭터로 등장한 가족들, 친척들. 담당 편집자와 출판사 관계자분들. 지금껏 스쳐 지나갔던 모든 인연들. 다 밑거름이 됐다.

돌이켜보면 정말 힘들고 답답했던 그 시점에, 시가 내게 와줘서 참 고맙고 다행이라고 생각한다. 시를 읽고 글을 쓰면서 20대 동안 나를 짓누른 열등감, 허무함, 무기력에서 벗어날 수 있었다. 나약한 나를 받아들이기란 쉽지 않았지만, 그때 난 나름 길을 찾으려 노력했고, 그래서 나 자신을 있는 그대로 인정할 수 있었다. 인정 투쟁이야 말로 심신을 피폐하게 만드는 행위에 가깝지만, 고단한 세상살이의 시작점에 서 있는 청년에게 세상과

나 자신으로부터 빚어진 안팎으로의 인정 투쟁은 늘 피할 수 없는 길이다. 그렇기에 나는 내가 걸어가는 길에서 성공을 거두는 일만이 자기 연민과 피해 의식에서 벗어날 방법이라는 생각을 지우지 못했다. 그리고 지금도 이러한 생각의 행보에 언제쯤 진짜 에필로그를 새길 수 있을지 잘 모르겠다. 이런 감정들을 떨쳐내고 자유로워졌음을 깨닫는 순간이 언제일지 아는 혜안이 내겐 없으니까.

노력하며 살면 한 번쯤은 반드시 그에 대한 보상이 따르리란 것이 인생의 진리고, 주어진 삶을 열심히 살아내는 것만이 내가 할 수 있는 유일한 일이라면 그럴 수밖에. 다만 20대의 나와 그 시기를 지나온 지금의 나 사이에 한 가지 달라진 점이 있다면, 이제 나는 혼자가 아닌 나를 버티게 해줄, 나와 함께 걸어가 줄 어미 닭 같은 존재를 하나씩 늘려나가게 되었다는 것. 그 존재들 덕분에 나는 덜 지치고, 덜 외로우며, 더 오래 잘 살아낼 수 있음을 알게 되었다는 것이다.

혼자 걸어가야 하는 길 위에서 벽에 부딪쳐 마음이 터지기 일보 직전인 청년이라면, 때때로 나처럼 자신의 오늘을 거울처럼 비추는 시에, 이 책에 잠시나마 기댈 수 있으면 좋겠다. 이 28편의 시가, 찌질한 내 청춘의 이야기가 당신의 웅크린 감정들을 타오르게 해주고 꽁꽁 얼어붙은 마음을 녹여주는 땔감이 되기를. 그래서 이 세상에 마음 둘 곳 하나쯤 찾을 수 있기를. 응원한다.

작품 출처 및 발표 지면

(본문 수록 순)

• 김원경, 〈환경지표생물〉, 《녹색평론》 통권 123호, 녹색평론사, 2012.

• 이우성, 〈손끝이 말해줍니다〉, 《나는 미남이 사는 나라에서 왔어》, 문학 과지성사, 2012.

• 이명수, 〈혼자 밥 먹다〉, 《바람코지에 두고 간다》, 문학세계사, 2014.

• 유지소, 〈이런, 뭣 같은!〉, 《이것은 바나나가 아니다》, 파란, 2016.

• 복효근, 〈어떤 종이컵에 대한 관찰 기록〉, 《따뜻한 외면》, 실천문학사, 2013.

• 황유원, 〈공룡 인형〉, 《세상의 모든 최대화》, 민음사, 2015.

• 송찬호, 〈왕자와 거지〉, 《분홍 나막신》, 문학과지성사, 2016.

• 이준관, 〈비〉, 《천국의 계단》, 서정시학, 2014.

• 조용숙, 〈겸상〉, 《모서리를 접다》, 시로여는세상, 2013.

• 박선옥, 〈고지서의 힘〉, 《시로여는세상》 통권 37호, 시로여는세상, 2011.

• 원구식, 〈삼겹살을 뒤집는다는 것은〉, 《비》, 문학과지성사, 2015.

• 임솔아, 〈아홉 살〉, 《시로여는세상》 통권 55호, 시로여는세상, 2015.

• 최금진, 〈소년들을 위한 충고〉, 《황금을 찾아서》, 창비, 2011.

• 최정례, 〈동쪽 창에서 서쪽 창까지〉, 《개천은 용의 홈타운》, 창비, 2015.

• 박찬일, 〈일주일에 두 번 술 마시는 사람들〉, 《인류》, 문학의전당, 2011.

· 한혜영, 〈본색을 들키다〉, 《올랜도 간다》, 푸른사상사, 2013.
· 백석, 고형진 엮음, 〈흰 바람벽이 있어〉, 《정본 백석 시집》, 문학동네, 2007.
· 윤동주, 〈별똥 떨어진 데〉, 《하늘과 바람과 별과 시》, 정음사, 1968.
· 손택수, 〈흰둥이 생각〉, 《나무의 수사학》, 실천문학사, 2010.
· 유하, 〈달의 몰락〉, 《세운상가 키드의 사랑》, 문학과지성사, 1995.
· 김민정, 〈이상은 김유정〉, 《그녀가 처음 느끼기 시작했다》, 문학과지성사, 2009.
· 심보선, 〈삼십대〉, 《슬픔이 없는 십오 초》, 문학과지성사, 2008.
· 이병률, 〈여행〉, 《시인수첩》 통권 40호, 문학수첩, 2014.
· 윤성택, 〈그날의 커피〉, 《시와사람》 통권 73호, 2014.
· 윤성학, 〈대소사〉, 《시인의 사물들》에서 재인용, 한겨레출판, 2014.
· 조은, 〈경직〉, 《생의 빛살》, 문학과지성사, 2010.
· 손택수, 〈눈이 삐다〉, 《문학에스프리》, 통권 8호, 등대지기, 2013.
· 강미정, 〈모래의 책〉, 《시와사상》 통권 76호, 시와사상사, 2013.

＊ 시 인용을 허락해주신 시인, 출판사에 감사드립니다.

자기 연민과 피해 의식에 빠졌던
20대여, 안녕

어떻게든 살아보겠다고 발버둥 쳤던
내게도 안녕

답답함 마음 토로할 길 없어
이 책을 펼친 당신에게도 안녕

시 읽는 오늘 만큼은
무탈하게, 그리고 행복하길….

시따위

2017년 1월 26일 초판 1쇄 발행

지은이 · 손조문

펴낸이 · 김상현, 최세현
책임편집 · 정상태, 양수인

마케팅 · 권금숙, 김명래, 양봉호, 임지윤, 최의범, 조히라
경영지원 · 김현우, 강신우 | 해외기획 · 우정민
펴낸곳 · (주)쌤앤파커스 | 출판신고 · 2006년 9월 25일 제406-2012-000063호
주소 · 경기도 파주시 회동길 174 파주출판도시
전화 · 031-960-4800 | 팩스 · 031-960-4806 | 이메일 · info@smpk.kr

ⓒ 손조문(저작권자와 맺은 특약에 따라 검인을 생략합니다)
ISBN 978-89-6570-391-4(03810)

쌤앤파커스(Sam&Parkers)는 독자 여러분의 책에 관한 아이디어와 원고 투고를 설레는 마음으로 기다리고 있
습니다. 책으로 엮기를 원하는 아이디어가 있으신 분은 이메일 book@smpk.kr로 간단한 개요와 취지, 연락
처 등을 보내주세요. 머뭇거리지 말고 문을 두드리세요. 길이 열립니다.